诗自远方来

《诗经》二十六讲

黄荣华◎著

广西师范大学出版社
·桂林·

小引

《诗》自产生之后，就“被阅读”。

周天子读民风民情。

孔子读礼乐教化。

汉武帝读安邦之“经”，《诗》被读成《诗经》。

朱熹读理学家的心经。

一千三百多年的举子读应举的心经。

……

“五四”之后，《诗经》被读成——

现实主义文学

统治阶级的教科书

阶级斗争学说的明证

西方各种文学理论的证明

……

今天我们怎么读？

两个字：追问！

追问作为《诗》的诗意何在，追问作为《诗经》的诗意何在——

文学的《诗》：中国第一部诗歌总集，中国文学的源头，中国文学光华灿烂的篇章。

经学的《诗经》：儒家学说的诗性阐释。

文化的《诗经》：《诗经》及其几千年的阐释作为中华文化的核心组成。

哲学的《诗》：《诗》从孔子之前，一直“被”读至今天，将一直“被”读至永远，最根本的原因，是它可以作为人类生存的本质现象去追问：何为诗？何为诗的艺术？何为爱情？何为婚姻？何为家庭？何为命运？何为战争？如何面对人生的困境？思念的距离有多远？归家的泥途有多远？人类作为自然之子该如何与自然相处？……

“我”的心经：几千年之后的现代人，与《诗》或者《诗经》血脉相连、声息相应、语言相生、情感相激、思想相通的生命感觉、生命启悟、生命分享……

诗意追问的方式：从语言出发，回归语言；从诗性的语言出发，回归到语言的诗性。这是读诗的第一要义，但这一点被遗忘得太久太久。

《诗自远方来——〈诗经〉二十六讲》有这样的期待，但不敢说做到了。《诗经》期待您的阅读参与和诗意追问，《诗自远方来——〈诗经〉二十六讲》期待您的参与和追问。

黄荣华

2017年8月

目录

目录

“兴于诗”

读诗第一法

“兴于诗”是什么意思

“兴于诗”是《论语·泰伯》中孔子所说的话。完整说是这样的：“兴于诗，立于礼，成于乐。”

“诗”当然可以指《诗经》了。

但“兴”是什么意思呢？让我们从“兴”的字形开始吧。

“兴”甲骨文是这样写的——

是四只手，是夯，表示劳动时喊号子。这几个符号合在一起表示众人和着号子一齐举起夯具夯地。

东汉时期由许慎所著的，也是我们最早的字

典《说文解字》，与出现在战国中期的，也是我们最早的词典《尔雅》对“兴”的解释是一样的：“兴，起也。……同力也。”

这样我们就可以说，“兴于诗”就是“从诗开始”。

做什么事情，要从诗开始

那我们可能要进一步问，做什么事情，要从诗开始？

自孔子讲了“兴于诗”后，几千年来一直有人在探讨到底“做什么事是从诗开始”的问题。

你认为“做什么事是从诗开始”呢？

我先介绍几种不同的说法。

一种说法是修身从读诗开始。古人特别讲究修身。古人讲学习的意义，第一意义是“修身”，由此走向“齐家”，再有能力就“治国”，最有力者就“平天下”。无论是哪一类人，“修身”是首要的！修身才能立命！不能修身者，就难齐家，就不能治国，就不能平天下。

修身从哪里开始呢，就从读诗开始。

第二种说法是为学从学诗开始。《诗》《书》

《礼》《乐》《易》《春秋》是古人学习的最基本的教材，《诗》是第一部。所以说为学从学诗开始。

还有一种说法是统治者治理国家从采诗开始。古代有采诗说，就是从民间采集歌谣，看这些歌谣唱了什么内容，反映了什么民风，然后采取相应的治理措施。这也叫采风。《诗经》三百零五篇，民歌（十五国风）一百六十篇，占了一大半，据说就是采诗官到民间采集的。我们今天还能听到艺术家到乡村采风的说法，但性质不一样了。今天艺术家采风，主要是为自己创作服务，去收集素材、吸取营养、激发灵感等。

还有第四种说法，说诗歌起于情感。这是韩愈和他的弟子李翱的说法。

上面几种说法，你觉得哪一种说法更有意思？

前面三种说法都有一定的道理，但总觉得不是太能说服人。

第四种更牵强。诗歌创作确实是起于情感勃发，但将“兴于诗”解释为“诗歌起于情”似乎难以说通。韩愈他们的解释，有点为创新而强立新说。现在人们也似乎常有这样的行为，为创新而故意强立新说。看来，这一点也是古今相通啊！

那么“兴于诗”到底是什么意思呢？到底做什么要从《诗》开始？

我们可以依据《论语·八佾》中孔子与弟子子夏的一次对话来讨论。

子夏问曰："'巧笑倩兮，美目盼兮，素以为绚兮。'何谓也？"子曰："绘事后素。"曰："礼后乎？"子曰："起予者商也，始可与言《诗》已矣。"

这几句翻译一下就是——

子夏向老师请教："'美妙的笑很好看啊，美丽的眼睛盼顾有神啊，洁白的丝用来画绚丽的画啊。'这几句诗说的是什么意思呢？"孔子说："这是说先有白底然后画画。"子夏又问："那么，礼是仁德之后的事吗？"孔子说："能启发我的人是商啊！现在可以同你讨论《诗》了。"

商就是子夏，姓卜，名商，子夏是他的字，孔子的弟子；卫国人，小孔子四十四岁。

子夏与老师的这段对话，我们可以从下面几层来分析。

第一层："诗"——"巧笑倩兮，美目盼兮，素以为绚兮"。前两句出自《诗经·卫风·硕人》，后一句是逸诗。"巧笑倩兮，美目盼兮"是形容女子的美；"素以为绚兮"是说女子这种美的原因，"素"是说本质美，"绚"是本质美的表现，也就是说，女子本身很美（“素”），所以巧笑倩、美目盼（“绚”）。

第二层：“兴”是什么？这里的“兴”可以有下面几层。

第一，孔子之“兴”——“绘事后素”。孔子由“巧笑倩兮，美目盼兮，素以为绚兮”这“诗”产生联想，想到了绘画先要有“素”（白绢、白底），然后才能画画。

第二，子夏之“兴”——“礼后”。子夏由“绘事后素”产生联想，想到心中有仁在先，行为有礼在后，即先有仁而后才有礼，礼是仁的外化。

第三，孔子再“兴”，表扬子夏——说子夏启发了自己，可以一起讨论《诗》。意思是说，读诗就是这样从诗开始，一层层生发开去，并且是在讨论中相互激荡，相互启发。

这也就是孔子所说的“兴于诗”的意思。《论语》中的这段师生对话，就是孔子“兴于诗”读诗主张的一个典型案例。

《论语》中与这个案例相似的还有几个，我们再举一个——

子贡曰：“贫而无谄，富而无骄，何如？”

子曰：“可也。未若贫而乐，富而好礼者也。”

子贡曰：“《诗》云，‘如切如磋！如琢如磨’，其斯之谓与？”

子曰：“赐也！始可与言《诗》已矣，告诸往而知来者。”

——《论语·学而》

“如切如磋，如琢如磨”出自《诗经·卫风·淇奥》。这句诗的原意是讲君子自我修养就像加工骨器，切了还要磋；就像加工玉石，琢了还得磨！全句是“有匪君子，如切如磋，如琢如磨”。

赐就是子贡，姓端木，名赐，子贡是他的字，孔子的弟子；卫国人，有辩才，会经商，孔子很喜欢他，曾称他为“瑚琏之器”。

孔子最后之所以说可以开始同子贡谈《诗》了，是因为子贡能够由“往”知“来”，举一反三，触类旁通。这也就是说，子贡能够“兴于诗”。

本书一开始即介绍孔子的读诗方法，就是倡导像孔子一样读诗：以诗为起点，一层一层联想开去；最好是有人一起讨论，“如切如磋！如琢如磨”，就更会相互激发，相互生发。

将其分解一下，就有下面四层意思：

一、“诗”作为一种美的结晶，作为一种凝结了诗人美的情思的语言艺术，作为一种具有独特形式美的艺术样式，是人的生命成长教育的开始。

二、读诗人在“诗”这种具有独特形式美的

语言艺术的激发下，产生生命的跃动，进入联想与想象的生命成长历程中。

三、读诗人再将从“诗”这种具有独特形式美的语言艺术中激发的联想与想象，投到具有诗的品质的世象万事中，世象万事又具有了“诗”的品性。

四、读诗人在这样入于“诗”与出于“诗”的过程中，具有了诗性，具有了人的高贵性。

把“诗”读“活”的三层意思

这样，就把“诗”读“活”了。

这里的“活”至少有三层意思：

一层是说“诗”激活了读者。“诗”是诗人创作的，本身就是诗人的生命表现，其情其思流溢于字里行间。读者将自己的情思与诗蕴含的情思对接，在生命的相互激荡中层层跃动，层层生发联想。

二层是说“诗”活了。“诗”在读者的生命观照下，在读者的情感激荡下，与读者生命产生对接，无声无色的文字变成了有声有色的生命。

三层是说“诗”及其引发的读者之“兴”，

融进读者的生命之中，参与读者的生命建设，变成推动读者生命向前的活性力量。

如果将上面的所讲概括为两句话，就是——

期待我们能以“兴于诗”的方式读《诗》，以“兴于诗”的方式读文学，以“兴于诗”的方式读全部具有诗性的万千世界。

一言以蔽之，就是让我们在读诗的过程中，建立起自己与诗的深刻关联，成就诗性人生，成就具有诗一样高贵的高贵人生。

在讲《诗》的作用时，孔子用了一个排比句——“诗可以兴，可以观，可以群，可以怨”（《论语·阳货》）。这就是“兴观群怨”说。

“兴”在前面我们做了讨论。下面我们稍微解释一下“观”“群”“怨”。

“观”指通过诗歌了解社会政治与道德风尚以及作者的思想感情。

“群”指诗歌促进社会人群交流思想感情，统一认识，走向团结、和谐。

“怨”指诗歌对社会不合理现象的不满与批判，也谓之“讽”。

“兴”主要指向诗的审美意义，“观”主要指向诗的认识作用，“群”“怨”主要指向诗的教育作用。审美意义、认识作用、教育作用，就是文学的三大功用。由此可见，孔子对文学的认识与理解是全方位、很深刻的。

另外，还值得注意的是，“兴”“观”“群”“怨”看起来并列，其实后三者的前提大体都可以说是“兴”。所以孔子说“兴于诗，立于礼，成于乐”，而不说“观于诗（或群于诗、怨于诗），立于礼，成于乐”。后面讲《礼记》和《乐记》时，我们将会讲什么叫“立于礼”，什么叫“成于乐”。

《关雎》

求之不得的快乐与忧伤

《关雎》是中国爱情诗的开篇

《关雎》是《诗经》的开篇，可以说是中国几千年文学的开篇，是中国几千年诗歌的开篇，是中国几千年爱情诗的开篇。

每次读这首诗时，我都很激动。由此想到，几千年前孔子在整理诗歌时是一种怎样的激动，想到他一定要将这首诗放在《诗》三百零五篇之首时的兴奋与自得。我相信，大家读后也一定会很激动。

关关雎鸠，在河之洲。
窈窕淑女，君子好逑。

荇菜

参差荇菜，左右流之。
窈窕淑女，寤寐求之。

求之不得，寤寐思服。
悠哉悠哉，辗转反侧。

参差荇菜，左右采之。
窈窕淑女，琴瑟友之。

参差荇菜，左右芼之。
窈窕淑女，钟鼓乐之。

——《周南·关雎》

读完一遍后，大家是不是有那么一点点激动了？激动了你哪一点呢？

如果你是一个男孩子，是想到自己追求的那个窈窕淑女呢，还是想到自己未来一定可以追求到那个窈窕淑女呢？

如果你是一个女孩子，是想到有那么一个君子在追求自己呢，还是想到未来一定有一个像君子一样的男孩子对自己热烈追求呢？

对了，这里的“君子”是什么人呢？

“君子”最早指社会地位高的人，包括诸侯、大夫及没有职位的贵族男子。后来多指道德品性高的人。我们今天所讲的君子，就是指后者了，指道德品性高的人。

这首诗里的“君子”应当是贵族青年男子。这有点像今天的高干子弟，或者说“官二代”“高富帅”。但肯定比今天一般的“官二代”“高富帅”高贵多了。为什么？因为在西周春秋时期，贵族不只有地位、财富，还要讲求贵族精神，即要求重风度守规矩、有荣誉感具备责任心、遇事执着讲信誉，要求他们是社会道义的承担者。这个君子与西方的骑士有相似之处。

女孩子想一想，一个重风度守规矩、有荣誉感具备责任心、遇事执着讲信誉的男孩子在追求你，那是不是一件特别美丽的事？能不激动吗？

那么男孩子想一想，你是一个重风度守规矩、有荣誉感具备责任心、遇事执着讲信誉的人，那你追求女孩子应当是怎样的呢？

从诗中可以读出，这个女孩子是“窈窕淑女”。“窈窕”，是内外兼美的样子。“淑”是什么意思？古代用“善”来解释。“善”就是“好”。

因此，你追求的是一美善之女孩！

当你遇到了心仪的美善之人，当然就要去追求了，一次追不到两次，两次追不到三次、四次……无穷次，一直追下去。这就是爱情的力量。并且，朝思暮想，夜不成寐。想啊想啊，想出自己的绝招：

“琴瑟友之”！这是什么意思？就是用最能表达自己美好情感的方式去诱惑她！这里的“友”是亲爱之意，是使亲爱的意思。整句就是说，用弹琴奏瑟的方式去亲近她，使她也亲近自己。

请注意“琴瑟”。“琴瑟”二字的形旁都是“珏（jué）”。《说文》：“珏，二玉相并之形。”由此可知，琴瑟发出的声音就像二玉相碰之声，表示这是一种“玉声”。“玉声”是什么声？是高贵悦耳之声。古代的琴常于正式场合在贵宾面前弹拨，瑟用于重大典礼背景音乐的弹奏。在传统文化中，琴瑟合称比喻和谐，“琴瑟和鸣”表达夫妻感情和睦、朋友情谊深厚。《礼记》：“士无故不撤琴瑟。”《左传》：“君子之近琴瑟。”

所以说，弹琴奏瑟的方式正是君子追求“窈窕淑女”的最和谐的行为方式。

“君子”的追求是否成功

在这样的持续不断的热烈的追求中，“君子”是否追求成功？

诗最后写道：“窈窕淑女，钟鼓乐之。”

这里的“乐”是使她快乐。用什么使她快乐？用“钟鼓”。也就是说，用钟和鼓所奏的音乐使她快乐。

这是说追求到了，还是没有追求到呢？要解决这个问题，就要知道何为“钟鼓之乐”。

“钟”“鼓”都是古代非常重要的乐器。“钟鼓之乐”是指宫廷或庙堂的音乐或乐舞，一般是在重大活动场合表演。这样看来，这里的“钟鼓乐之”当是指在婚庆的典礼上演奏钟鼓之乐来使新娘快乐。

但在婚庆的典礼上演奏钟鼓之乐来使新娘快乐，到底是事实呢，还是想象呢？

这个问题每个读者都可以有自己的回答。这里我只想说，如果从文学的角度说，从诗的角度说，我们将它当作想象来理解一定更有意味。

为什么？那个君子啊，想尽了一切办法，也没有将那“窈窕淑女”追求到，他就更加“寤寐思服”，“悠哉悠哉，辗转反侧”了。在这样痛苦的煎熬中，在昏昏沉沉中，他进入了那甜美的梦乡，梦到了自己将那“窈窕淑女”娶回了家。

这样，整首诗就是一个长长的追求梦。梦得真切，梦得热切，梦得深切。这就是文学的力量。文学用文学方法，将这种追求表现成“最高级”。用法国大作家罗曼·罗兰《约翰·赫利斯朵夫》里的话说，就是“不复能梦想，除非梦想她”。

只是一个长长的爱情梦吗

那么，这个长长的追求梦到底追求的梦想是什么呢?

当然可以说是君子追求淑女，那可不可以说是其他呢?

据传由孔子的弟子子夏所写的《毛诗序》这样说：《关雎》是讲“后妃之德”，就是说《关雎》写后妃为君王求贤女。也就是说，《关雎》中的君子就是后妃，淑女就是后妃日思夜想为君王所寻觅的淑女贤才。因为子夏的解释是切中儒家伦理道德的，所以后代儒家解诗都沿用此说。

但至近代，人们一般都将《关雎》理解为一首爱情诗。

为什么是这样的呢？我们可以先还原一下这首诗产生的社会生活背景。在西周时期，有“男女野会”之俗。《周礼》：“仲春之月，令会男女。于斯时也，奔者不禁。若无故而不用令者罚之。”即在春暖花开的仲春二月，青年男女到野外相会。其实也不只是青年男女了，据《史记·孔子世家》：孔子的父亲叔梁纥五十岁（有人说七十岁）时“与颜氏女野合而生孔子”。那时，婚姻的自由度较大，不像后世那么严格，尤其是对女子而言。我想，孔子在整理《诗》三百篇时，对此是非常清楚的。因此，他将这首诗置于三百篇之首，并给出“乐而不淫，哀而不伤”的评价，就是说《关雎》既表达欢乐又不沉迷于欢乐，既表达忧伤又不被忧伤所困。

细想孔子这种处理与评价是很有道理的。在《论语·阳货》中孔子说：“小子何莫学夫诗？诗可以兴，可以观，可以群，可以怨。”前面我们讲到了，“兴”指诗歌的艺术形象可以激发情感，引起联想、想象活动，获得审美享受；“观”指通过诗歌了解社会政治与道德风尚以及作者的思想感情；“群”指诗歌促进社会人群交流思想感情，统一认识，走向团结、和谐；“怨”指诗歌对社会不合理现象的不满与批判，也谓之“讽”。据此，我们说，孔子对《关雎》的处理与评价是很有道理的。

首先，这基本是社会真实生活的表现，体现诗可以“观”的意义。我们从中看到了周代都城南部一带的社会政治与道德风尚。

其次，这是诗对真实生活的提升，体现诗可以“群”的意义。男子求女而不得，但他在梦想中实现了自己的心愿。男子并没有因求而不得做出过激行为。因此，这首诗是正向导引，化解生活矛盾。所以《毛诗序》中说：“《关雎》乐得淑女，以配君子，忧在进贤，不淫其色；哀窈窕，思贤才，而无伤善之心焉。”

再者，其诗歌形象，尤其是其比兴，启人联想与想象，体现诗可以“兴”的意义。你可说是写男女恋情，子夏可讲“后妃之德”，我们是不是还可以说是写对美与自由的追求？这个美与自由于具体人具体生活情状又有更具体的人事物，因此，“荇菜”与“淑女”之象就有了更广泛的象征的可能了。此时此刻，你若将这种象征化为自己具体的追求目标，是不是就千差万别、千人千面了？

有了上述这样的理解，我们就大体能明白，《关雎》为什么千百年来一直能在读者的心中产生共鸣，激起热情了。

也就明白，汤显祖的《牡丹亭》为什么一定要让杜丽娘启蒙的第一课读《关雎》了。杜丽娘是中国文学中那为至情而生、为至情而死的最真、最烈、最勇敢、最决绝的文学形象，“生者可以死，死可以生”，一往而情深，那是真真切切的情根情本，情之源，情之海，情之天，情之地，情之人。这样的杜丽娘，必得从《关雎》开始塑造啊。

《静女》

“洵美且异”的爱情之果

《静女》是《诗经》中最动人心魄的爱情篇章之一，所以历来备受读者的关注。无论对这首诗的理解有多大的差异，但有一点是不会改变的，即对“静女”之美的欣赏。读完这首诗，每个人都会激起心中的波澜。

静女其姝，俟我于城隅。
爱而不见，搔首踟蹰。
静女其娈，贻我彤管。
彤管有炜，说怿女美。
自牧归荑，洵美且异。
匪女之为美，美人之贻。

——《邶风·静女》

“静女”之“静”是什么意思

读完一遍，能说说“静女”有多美吗？

首先，我们可能会说她美在一个“静”字吧。

我们现在许多人将“静女”之“静”理解为“安静”之“静”，当然可以。但如果我们能还原这个“静”字的本义，就可能有不一样的理解了。

“静”的本义是什么？是争美。

为什么？这先要理解“青”。“青”是井边那株活泼泼的青草，具有生机活泼的美。青字的金文写作，上面是一株草，下面表示井。因此，凡与“青”相关的字，都指向生动活泼之美，如日之美为“晴”，目之美为“睛”，水之美为“清”，米之美为“精”，人之美为“倩”，女之美为“婧”……

“静”就是由“青”和“争”组成，表明一个人所思所想所做都是美好的事情，因此，他的内心被美所充溢。相反，如果是争丑，就会醋意灌心，妒意满腔，那就会时时处在躁动不安之中，就会抓狂。

读完全诗，我们完全可以感觉到“静女”的活泼可爱之美，你看，又是“俟我于城隅”，又是“爱而不见”，又是“贻我彤管”，又是“自牧归荑”，简直应接不暇。

什么叫“俟我于城隅”？就是“在城上的角楼等我”。这是“静女”选择好地方的主动邀约啊。《诗经》里还有好几首诗有类似的诗句，如《鄘风·桑中》“要我乎上宫”，就是说在上宫约见我；如《郑风·子衿》“在城阙兮”，就是说在城阙幽会。城隅、上宫、城阙，一般情况下都是人们少到的地方，就成了男女幽会之所。

什么叫“爱而不见”？就是装作躲起来的样子不让人一下子见到。爱，通“薆”，隐蔽。这说明她先于男孩子到达。注意这个“而”字，它的意思是“……的样子”。只是躲起来的样子，并不是真的躲起来了。这样，男孩子来了以后既能发现她，又懂得她在向他撒娇。我们可以进一步想象，她是看到那个男孩子来到时才躲起来的；躲起来以后还会装作一副娇嗔嗔的样子静待着，说不准还忍不住偷偷地笑。

什么叫“贻我彤管”？就是送给我一支红管竹笛。《史记》载：“黄帝使伶伦伐竹于昆谿，斩而作笛，吹之作凤鸣。”笛子乐音清脆、婉转，被誉为“荡涤之声”。所以笛子初名为“涤”，日本至今还保留有“涤笛”的名称。男子吹奏清脆、婉转的竹笛，发出“凤求凰”的荡涤之声，使女孩子心动神摇。这就是“静女”“贻我彤管”的本意吧。

什么叫“自牧归荑”？就是将自野外牧场采回的嫩茅草送给男孩子。归（kuì）：通“馈”，赠送。荑（tí），嫩茅草。这嫩茅草剥开以后，里面洁白无瑕，闻一闻，有淡淡的清香；放入嘴里吮吸，有淡淡的甜味。这个“荑”啊，色、香、味，全有了！

我们甚至还可以想象，男孩子一曲奏毕，女孩子随之“归荑”。

当我们做了这样的理解后，这个“静女”的生动活泼就立体起来了。因此，我们完全可以说，这个“静”字，实乃为“动”也，生动活泼也。

闻一多先生说：“‘静’作‘动静’之‘静’，恐是后日经学家要的手法。以‘静’为女子之美德，《诗经》时代似不如此。”我以为是很有道理的。无论是《关雎》，还是这首《静女》，还是我们将要讲到的《木瓜》《子衿》《蒹葭》，女子之美都是动态之美。如果一定要说“静”，那就是无比生动的静。

“姝”与“娈”是怎样的美

除了这个“静”字，诗作还用了哪两字来形

容静女之美?

第一个字是“姝”——

“姝”是一种怎样的美丽呢?要认识这一点,我们先要认识“朱”字。《说文》:“朱,赤心木,松柏属。”就是说,“朱”的本义是红心木,不仅质地坚硬,而且颜色赤诚。因此,许多以“朱”为声旁的字都表示纯美,如玉美为“珠”、丝美为“絑”、衣美为“袾”、木美为“株”、喙美为“咮”(zhòu)等,且这些美都是指由内而外的美。

说“静女其姝”,就是说静女之美是由内而外流溢出来的赤诚美。

第二个字是“娈”。

何为“娈”?“娈”也是一种美。是一种怎样的美?如果我们从诗作本身的解释看,它用“俟”“爱”释“姝”,“姝”为自求之动态美;以“贻”“归”释“娈”,“娈”则为他求之动态美。可见,“娈”比“姝”更具主动性、跃动性和进取性。这与“娈”的本义也是一致的。“娈”字篆文写作孌,上部是䜌,表示誓言相爱;下部是“女”。上下相合,就是表示女子主动宣示誓死相爱。与“娈”结构相同,上部相同的“变”字也可互证。“变”的上部也表示誓言相爱,下部是攴(支,敲击,破坏),表示背弃誓言。上下相合,就是恋爱中断,所以叫“娈”。

这样，从自求中观静女之“姝”，从他求中观静女之“娈”，将一个“静女”自求之不安与他求之跃动全面地呈现出来了。

呈现了“静”“姝”“娈”之美后，诗作紧接着写了“洵美且异”这样的感慨。确实美啊，美得很特异！

我想问的是，这感慨是赞美“荑”呢，还是赞美“静女”？

从前后诗句看，“洵美且异”确实是在讲“荑”之美，讲这个茅草确实美，确实具有特异之美啊。但为什么不可以说诗人是用它来赞叹“静女”“洵美且异”呢？为什么不可以说诗人是用它来赞叹静女这种主动性、跃动性和进取性的特异之美呢？

当然可以了。这还要结合诗作的最后一句来谈。

诗最后说：“匪女之为美，美人之贻。”就是说，茅草呀，不是你真的很美啊，只因为你是美人送的啊！

有一个成语，叫什么来着？对，叫“爱屋及乌”！用在这里就是说，喜欢静女，所以静女的一切都是美的。何况茅草本身剥开来里面是那样洁白无瑕，有清香，还有甜味。

还有一句话说的也是这个意思：爱你，所以爱你抚摸过的一切！

请注意这种写法，今天通常谓之“移情”。

所谓移情，就是将抒情主人公的主观感情移到他喜爱或憎恶的人事物身上，反过来又用被情感化了的人事物来烘托抒情主人公的主观情绪，能够更集中地表达抒情主人公的强烈感情。像这里，抒情主人公“我”将喜爱静女的情感移到“荑”身上，反过来又用被“我”赋予了情感的“荑”烘托“我”对静女的爱恋之情，这样就更集中地表达了“我”对静女的强烈的爱恋情感。

至此我们就可以说，“洵美且异”是赞美“荑”，更是用赞美“荑”来赞美静女啊！

移情手法一般都是与比拟手法统一在一起的。这里用“女”（汝）称“荑”，就是拟人了。

要提醒的是，如果能很好地理解移情，我们就能很好地理解诗文。因为，诗文作者都喜欢借人事物来表达自己的情感，而不喜欢直说。老是直说就没有味道了！

男女相悦、相爱、相恋、相约、相嬉的美丽生活场景

很遗憾的是，如此美的静女，却一直为经学

家的唾沫所掩埋。

《诗小序》说："《静女》刺时也。卫君无道，夫人无德。"意思就是说，《静女》这首诗是一首讽刺诗，讽刺卫国的国君无道，卫夫人无德。

其实，《诗》并不只是儒家的。只因为儒家后来有了话语权，有了解《诗》权，就将其作为自己话语表达的印证。这样，儒家解《诗》就总是往儒家经义上靠，有许多就显得牵强了。

我们今天读《诗经》应当还《诗》以文学。但我们也要理解，文学与经学不是死对头，不是你死我活，不是像有的人说的那样经学解诗全是胡说。应当说，《诗》是全息的，用经学解文学也是解诗的一途，很多时候是主要的一途。只是我们要明白，不要什么都往经义上靠。就像这首《静女》，经学家大可以拿来说事，但我们完全可以将其视作男女相悦、相爱、相恋、相约、相嬉的人类美丽生活的一种场景，一种情态，一种幸福标本。

《木瓜》

"报"的可能与难能

在《诗经》三百多篇中，《木瓜》是最独特的篇章之一。

投我以木瓜，报之以琼琚。匪报也，永以为好也！
投我以木桃，报之以琼瑶。匪报也，永以为好也！
投我以木李，报之以琼玖。匪报也，永以为好也！

——《卫风·木瓜》

你是否发现了它的独特性

我们先看一看，每章十八个字，三章之间每

木瓜

章不同的字有几个？

对，只有两个。也就是说，三章之间，每章相同字数达九成。尽管重章是《诗经》最重要的表现方式之一，但像这首诗这样，每章字数相同的这么多，也是极少见的。

为什么？要解决这个问题，我们就先要看一看这首诗在写什么。

它写了什么呢？

我们可以试着用一个字来概括："报"。用两个字来概括，就是"回报"或者"报答"。

是谁"报答"谁？

我们最先想到的可能是男孩子对女孩子的回报。

你看，女孩子正在采摘木瓜，看到心爱的男孩子过来，就扔给男孩子一个木瓜，男孩子就想啊，我要回报她一块琼琚。

女孩子正在采摘木桃，看到心爱的男孩子过来，就扔给男孩子一个木桃，男孩子就想啊，我要回报她一块琼瑶。

女孩子正在采摘木李，看到心爱的男孩子过来，就扔给男孩子一个木李，男孩子就想啊，我要回报她一块琼玖。

木瓜是什么？首先要说，这个木瓜不是我们今天水果店里的木瓜。今天水果店里的木瓜原名叫“番木瓜”，是17世纪从美洲引进的。这里的木瓜是指我国原产的一种供观赏和药用的植物，果实比“番木瓜”小许多，像普通的橙子那么大小。味道略带酸涩，有解酒、去痰、顺气等药效。

木桃、木李呢？都是木瓜类，不是今天的桃子和李子。

琼琚是什么？是美玉。琼是美玉的通称，本义指从远山采来的硕大的美玉，所以这首诗中写到的美玉“琚”“瑶”“玖”都用“琼”来修饰，称为“琼琚”“琼瑶”“琼玖”。不过，“琚”“瑶”“玖”还是略有区别的，“琚”是本地产的玉，“瑶”是远山采来的玉，“玖”是稍次等的黑玉。这里当然都是指代美玉。

木瓜、木桃、木李是很平常的植物果实，为什么男孩子要用琼琚、琼瑶、琼玖这样的美玉来回报呢？

诗里讲得很清楚，这不是要回报，“匪报也”，是要“永以为好也”——也就是希望和女孩子永远结为相好，希望和女孩子一生相爱，将爱进行到底！

因此，这里的“琼琚”“琼瑶”“琼玖”，实际上就是“永以为好”的“信物”“定情物”！

这首诗就是讲一个爱情故事吗

这样看来，这首诗就是讲一个爱情故事？也未必。其实，关于谁回报谁的问题，自古就有争论。

《毛诗序》就解释得很实：

> 美齐桓公也。卫国有狄人之败，出处于漕，齐桓公救而封之，遗之车马器物焉。卫人思之，欲厚报之，而作是诗也。

说这首诗是卫国人为回报齐桓公而作，因为齐桓公解救了卫国的狄人侵扰之祸。后代许多人认为这种说法很牵强，但也没有很充分的理由去推翻。

我认为也没有必要否定《毛诗序》的说法，这种说法也是可以作为一种解释存在的。为什么？

齐桓公为卫国解了狄人之祸，卫人写这样一首诗来赞美一下也是有可能的。

除了讲卫人回报齐桓公，还有人认为这首诗是写朋友之好的。我看也是成立的。我这样讲，更主要的是想引出一个大的话题——

《木瓜》让我们思考生活中“报”的可能与难能

女孩子“投以木桃”，男孩子是否“能”“报”？有多少“可能”，有多“难能”？

齐桓公解卫人之祸，卫人是否“能”“报”，有多少“可能”，有多“难能”？

一个朋友“投以木桃”，另一个朋友是否“能”“报”，有多少“可能”，有多“难能”？

推而广之，可以说，世界完全是由人与人的“相互关系”织就的，其中维系这种关系的最重要的一种方式就是“回报”。想一想，如果没有了“回报”，社会是不是就不复存在了？我们常讲，一分耕耘，一分收获，不就是这个意思吗？今天我们说“获得感”也是这个意思。无论做什么，如果只有付出，没有回报，坚持不了多久。有人说，除了上帝，其他人都生活在“相互回报”的关系中。但我说，上帝也收到了“回报”，那就是人类对他的信仰。

因此，甲对乙“投以木桃”，乙是否“能”对甲有所“报”，将影响着整个社会关系的稳定与和谐。

从这个角度看，我以为，《木瓜》与《诗经》中的许多诗篇一样，具有对人类社会某种本质性思考的特征：它引导读者去思考“报”的“可能”与“难能”。

“报”存在几种情况？

1. 不报；2. 少报；3. 对等报；4. 多报；5. 反报；6. 难报。

像“忘恩负义”“恩不思报”等，就是讲“不报”。

像“略表寸心”等，就是讲“少报”。

像“投之以挑，报之以李”就是“对等报”。

像本诗所写，“投我以木桃，报之以琼瑶”，再像“滴水之恩，涌泉相报”，就是“多报”。

像“恩将仇报”就是“反报”。

像“谁言寸草心，报得三春晖”“无以回报”，就是“难报”。

这六种中，哪种现象最常见？

我说是“不报”或“少报”。可能有人不同意我这个看法。这没有关系。但我要说，在这个时代，我看到的现象是，人们更多是想，我能得到什么，我能获得什么，是向社会、自然“索取”；而不是相反，扪心自问，我可以回报什么，我应该回报什么。

因此若要说“哪种现象最难见”，我的回答就是“多报”，就是“滴水之恩，涌泉相报”。

前面我们已经讲过，世界完全是由人与人的“相互关系”织就的，其中维系这种关系的最重要的一种方式是“回报”。所以，当“回报”率高于“索取”率时，世界就可能是和谐的；而相反，当“索取”率高于“回报”率时，世界就一定是在你争我夺中不得安宁的。

我们放眼看看世界，今天是不是一个你争我夺、没有安宁的世界？且不说中东地区持续了几十年的战乱，且不说恐怖袭击在不断地发生，且不说国家间对各种资源的争夺，只说在一些和平国家内部，真的是那样和谐吗？发达国家有发达国家内部的矛盾，我们中国作为发展中国家也有国家内部的矛盾，比如地区差异、贫富差距等。

我们国家现在讲城市反哺农村，其实就是一种国家战略上的“回报”。以前农村给予城市太多，农民牺牲了许多；但作为城里人，我们对此并不清楚，何谈“回报”？！

到此，我们可以再深入一步思考：“报”有多少“可能”？有多大“难能”？

应当说，“报”是“可能”的，这不需要多说。如果没有“回报”，这个世界早不复存在了。但总体上说，“报”又是“难能”的。

“难能”在哪里？

一是我们不知道要回报。比如我们每一个人，是承受了世界方方面面的恩赐才可能成长为人的。但我们不知道这是要回报的，也不清楚这“方方面面”的恩赐是什么。孟郊的那句“谁言寸草心，报得三春晖”之所以千百年来令读者感动，也在于它形象地揭示了这个道理。

二是每个人都是以自我为中心的，人们想到的或想得更多的是他人是否回报自己，不太能想到自己怎么回报他人。

有了这两点，显然“报”就是一件很难的事。

因此，如果能做到“投之以挑，报之以李”就已经很好了。所以，东汉时期的张衡在《四愁诗》中表达的情感就很高洁了：

美人赠我金错刀，何以报之英琼瑶。
美人赠我琴琅玕，何以报之双玉盘。
美人赠我貂襜褕，何以报之明月珠。
美人赠我锦绣缎，何以报之青玉案。

在这里，诗人期待以对等的方式回报：你赠我“金错刀”，我还报你“英琼瑶”，这里的“英”就是“瑛”；你赠我“琴琅玕”，我还报你“双玉盘”，这里的“琅玕”是指玉做的琴上装饰品；你赠我“貂襜褕”，我还报你“明月珠”，“襜褕”是直襟单衣；你赠我“锦绣缎”，我还报你“青玉案”，

“青玉案”就是青玉做的几案。

回到《木瓜》这首诗，诗人以“琼琚”“琼瑶”“琼玖”回报“木瓜”“木桃”“木李”，实在是一件太难得之事！

后代许多人赏析这首诗时，总是说这个诗人的超功利性，说这个诗人的高洁。这当然是可以的，但我总觉得这首诗的核心不在赞美像诗歌抒情主人公一样高洁的人，而是有一种更大的期待与呼唤：期待与呼唤人们用更大的心力、更丰沛的情感、更丰厚的资源去回报社会，回报“投我以木桃”的人与事。这样的话，这个社会上的人们将“永以为好”，社会将永远和谐安定。

《木瓜》三章为什么每章只有两个字不同

最后，我们要回到开头提出的问题：《木瓜》三章为什么每章只有两个字不同？首先，它突出了每章这两个不同的字。也就是突出了“投”（之平常）与“报”（之珍贵）之间的差异，让读者一读即可感觉到。其次，强化了诗人“永以为好”的愿望与信念。三章重复“永以为好”固然是一种强化，但如果没有“投”（之平常）与“报”（之珍贵）的对比，就会流于空说。正是这种“投”（之平常）与“报”（之珍贵）的事实上的对比，让三章“永以为好”的重复有了最有力的支撑，重复就产生了实效。

《子衿》

悠悠我心

《子衿》是我读到的爱情诗中最动人的篇章之一。

每次读这首诗，我就想，什么是“子衿”？什么是“青青子衿”？什么是“悠悠”？什么是“悠悠我心”？什么是“嗣音”？什么是“青青子佩”？什么是“悠悠我思”？什么是“挑兮达兮”？尽管每次都不能得到非常确切的答案，但每次都有别样的感受。

青青子衿，悠悠我心。纵我不往，子宁不嗣音？
青青子佩，悠悠我思。纵我不往，子宁不来？
挑兮达兮，在城阙兮。一日不见，如三月兮。

——《郑风·子衿》

什么是“子衿”

什么是“衿”？有三种说法。一种说是衣领，“子衿”就是你的衣领。第二种说是一种衿带，相当于纽扣。还有一种说是系玉用的青色的丝带，也可以叫作“绶”。

绶是古代用来系玉佩、官印的丝带，非常讲究。后来慢慢演变为一种身份的标志。这不只是我们中国人使用，外国人也使用，不知是不是从中国传过去的。今天我们还能听到这样的说法，如某某被授予“绶带勋章”。2014年3月30日，比利时国王菲利普就曾授予习近平主席利奥波德大绶带勋章。同年7月20日，委内瑞拉总统马杜罗授予习近平主席“解放者”勋章，并为他佩挂绶带、佩戴勋章。

这样看，“衿”有三种解释：衣领；衿带，相当于今天的纽扣；佩带，用来系玉佩的丝带。

我想，一个女孩子想念一个男孩子，普遍而言，首先跳入脑海里的是什么呢？是衣领？有可能，但总觉得怪怪的；是系衣服的带子，也有可能，但也总觉得不是最可能。佩带呢，用来系玉佩的丝带呢，那最有可能。它让我想起今天人们穿西服时的领带！

假如我们进一步设想，那一次，这个女孩子给这个男孩子带上自己亲手织就的青色的佩带，心里那个美啊，是不是美滋滋！那是一定的！

为什么是“青青子衿”？首先我们要知道，《诗经》时期，父母健在时，人们所穿的衣服都是青色的。在讲《静女》时，我们讲过“青”之美，讲过与“青”相关的事物都是美的事物。同样，青色的服装有一种与天地相融的素静之美。在青色的衣服上，配上青色的佩带，就是“青青子衿”了。这样看，“青青子衿”就不只是讲青色的佩带，更是说青色的衣服上佩上青色的佩带，你是那样英俊！那样潇洒！

如此，“悠悠我心”就不空了，就实在了。“悠悠”是一个时空概念，指时间之长久，空间之遥远。很久很久以来，无论在哪里，“我”的心中都是你那青色的衣服上佩上青色的佩带的英俊潇洒的模样！这就是“悠悠我心”吧。

曹操的“子衿”与《诗经》的“子衿”是一回事吗

曹操在《短歌行》中借用的《子衿》的这两句，

与本诗表达的情思是否一致?

对酒当歌，人生几何！
譬如朝露，去日苦多。
慨当以慷，忧思难忘。
何以解忧？唯有杜康。
青青子衿，悠悠我心。
但为君故，沉吟至今。
…………
山不厌高，海不厌深。
周公吐哺，天下归心。

曹操的《短歌行》抒发的是人生短暂，当及时思进，建功立业。借用这两句诗，与《子衿》中女子对男子的思念不同，它表达的是曹操对贤才的渴求与思慕。这种借用，也是古代“赋诗言志”的传统。借用《诗经》中的诗句，表达自己此情此境的心志。这也是孔子所讲“兴于诗”的一种。

深究关键字词，进入诗歌的“文化逻辑”

回到《子衿》，我们进一步追问：什么是

"嗣音"?

女孩想啊想啊，就是见不到男孩子，心里悠悠地说："纵我不往，子宁不嗣音?"什么意思?就是说：就算我不能去找你，你难道就不能接着捎个信给我?请注意这里的"嗣音"。人们一般将"嗣"理解为"诒"：诒，寄也。"嗣音"就是寄个信。这个没有错，但寄个信为什么一定要用"嗣音"，不用"诒音"?因为"嗣"有接续的意思，"嗣音"就比"诒音"更具有情境感，更具有亲切味，更具有真切性。它唤起的是女孩子上次同男孩子见面与分别的具体情境：见面之境就在眼前，分别之嘱就在耳畔，至少，你应当接着上次这个分别之嘱给一个确切的消息吧!

讲到这里我想说，阅读经典不可以也不应该字字索隐、字字探求微言大义，但也不可以也不应该将一些障碍处，特别是古今有差异的地方随便放过。那样就可能失掉了进入经典内部的一个门径，或一把钥匙。我认为这里的"衿"与"嗣"两字，就属于这一类。我们深究了"衿"与"嗣"，就更接近了诗歌创作者创作诗歌时的"文化逻辑"。我们只有真正进入作品产生的"文化逻辑"，才能真正进入作品深处。我认为没有进入作品深处的阅读，不是好的阅读。

第二章在第一章基础上换了三个字。我们来

讨论这三个字。

第一个字“佩”。这个字是与“衿”呼应的。我们刚才讲“衿”是系玉佩的丝带。不能只有丝带，没有玉佩，所以这第二章真正是顺理成章地给丝带系上了玉佩！我们可以想象，先是穿青色服装、佩青色丝带的英俊、潇洒的青年，现在就是穿青色服装、佩青色丝带，青色丝带上系着美玉的英俊、潇洒的青年。

第二个字“思”。这个“思”是第一章“心”的具体化：我的心一直在思念着你！“悠悠我心”是笼统而含蓄的，“悠悠我思”是具体而直白的。

第三个字“来”。这个“来”的要求显然比“嗣音”的要求更高了。刚才想，你捎个信也行，现在想不行，你应当自己来！若说第一章是隐隐的嗔怪，那这一章就是明确的责备了。

将“佩”“思”“来”三个字联系在一起后，我们发现，女孩子的情感比上一章更具体、更直白、更急切了！

常说《诗经》使用重章叠句的表达方式，学了《关雎》《静女》《木瓜》和《子衿》后，我们大体已感受到“重章叠句”的样式，即一首诗的几章基本使用相同的字、词、句，只在少数位置变换字或词。

“重章叠句”的效果除了以反复咏唱的方式

强化相同的意义，还在少数位置变换字或词，使得诗意不断深化。《关雎》《静女》《木瓜》都有这样的特点，相比较而言，《子衿》前两章的这一特点更加鲜明，通过刚才的讲解，相信大家也早已感觉到了，这里不再重复。

下面我们进入第三章。

先比较一下《木瓜》与《子衿》，看一看三章的形式有何不同。

木瓜

投我以木瓜，报之以琼琚。匪报也，永以为好也！
投我以木桃，报之以琼瑶。匪报也，永以为好也！
投我以木李，报之以琼玖。匪报也，永以为好也！

子衿

青青子衿，悠悠我心。纵我不往，子宁不嗣音？
青青子佩，悠悠我思。纵我不往，子宁不来？
挑兮达兮，在城阙兮。一日不见，如三月兮。

我们一下子就能发现，《木瓜》三章都属于“重章叠句”，而《子衿》第三章与前两章完全不构成“重章叠句”。整首诗不完全“重章叠句”的写作方式在《诗经》中也是常见的。大家回忆一下，《关雎》是第二、四、五章重章，第

一、三章不重章。《静女》整体上看这一特点就更不明显。这样我们也就明白了，说《诗经》使用重章叠句的写作方式，不是说每首诗都完全是这样的。

这是为什么？这就是艺术的个性了，或者说是艺术的必然性了。艺术的个性、艺术的必然性是一个很大的话题，我们今天提出来，以后慢慢化解。

认识形式的独特意义，理解艺术的必然性

《子衿》第三章的这种艺术形式就是这首诗的必然形式。你看，发展到第二章结尾处，女孩子比上一章的情思急切多了，但还没有达到最高点。因此，诗情诗思要继续向前，就要在第三章中用比上一章更直白的方式才可以表达出来。

最直白的方式是什么方式？就是不拐弯抹角，就是直陈胸臆！所以它这样表达：

你看看我吧，早就来到这城楼上啊，东到西来西到东，一遍又一遍。你知道吗？一天见不着你，就像隔了三个月那样长啊！

请注意，这一章是以女孩子“挑兮达兮”的动作开始的。什么是“挑兮达兮”？就是女孩子

在城楼上一遍又一遍地东到西来西到东的样子。到底是什么样子呢？有人说是轻快疾步的样子，有人说是独自行走的样子。到底是一种怎样具体的样子，恐怕只有读者根据自己的理解去猜测了。

我们看到，《子衿》这首诗，就在女孩子一边“挑兮达兮”，一边心中直白地告白中收束了。这确实是这首诗的艺术必然，诗人无法给它安排另一种结尾。正是这样的收束，将女孩子对男孩子的热切思念推向高点——“悠悠我心”，那是一颗深远的思念之心，那是一颗深广的思念之心，那是一颗将急切、直白的思念融入深远、深广的情境之中的女孩心！

在这样的高点结束，是一种很高妙的艺术手法。大家以后写作也可以试试这种方式。

《汉广》

不求"游女"

《诗》已传了几千年，许多篇章争论一直都很大。《汉广》也是争论较大的一篇。

南有乔木，不可休思；汉有游女，不可求思。
汉之广矣，不可泳思；江之永矣，不可方思。

翘翘错薪，言刈其楚；之子于归，言秣其马。
汉之广矣，不可泳思；江之永矣，不可方思。

翘翘错薪，言刈其蒌；之子于归，言秣其驹。
汉之广矣，不可泳思；江之永矣，不可方思。

——《周南·汉广》

这首诗主要写了什么

要了解《汉广》的争议，我们先要看看这首诗主要写了什么。

先看第一章——

“不可方思”的“方”是指以并排的两根木头或竹子做的小筏子渡水。全章是说，南方有高大的乔木，却不能用来休息。汉江对岸有漫游的女子，千万不要去追求。为什么呢？汉水太宽广了，不要想着去泅渡，否则会被淹死。汉江的水啊不停歇地长久奔流，不要想着乘着小筏子渡过，否则会筏破人亡。

这第一章写什么？概括一下就是，不要去追求汉江对岸的“游女”。

第二章写什么？

“错薪”指错杂丛生的柴草，“刈（yì）”是割的意思，“楚”类似于荆棘的灌木，“归”指女子出嫁，“秣（mò）”是喂马。全章是说，高高的柴草错杂丛生，要砍就砍那丛生的荆棘。那个女孩子要出嫁了，赶快去把那马喂好。为什么？那个“游女”“不可求”，汉水太宽广了，不要想着去泅渡，否则会被淹死。汉江的水啊不停歇地长久奔流，不要想着乘着小筏子渡过，否则会筏破人亡。

这第二章写什么？过好自家的日子，不要想着对岸的“游女”。

这里要说明的是，《诗经》中使用“错薪”“刈楚”“秣马”时，多为表现婚姻家庭生活，所以后来就以“翘薪刈楚”喻指婚姻生活。

第三章写什么？与第二章是重章，只换了两个字。大意与第二章同，也是说，过好自家的日子，不要想着对岸的“游女”。

根据上面的讲解，三章合起来是写什么呢？

大意是说，过好自家的日子，不要为“游女”所迷惑而毁掉自己的生活。

这首诗的争议点在哪里

这首诗的争议点在哪里呢？就是全诗出现了八次“不可”。

仅从词语的意思看，“不可”主要有两种理解：

一种是“不能够”，言下之意是内心有追求，虽知不可为却依然为；一种是“不要”，言下之意是有理性审视，知其不可为而不为。

我上面的讲解选择的是第二种理解。为什么选择第二种理解？因为第一种理解不是很能说服人。第一种说法，是将“游女”讲成诗歌抒情主人公企慕的对象。

第一，说“游女”就是汉水之神，较牵强。一是在《汉广》之前，没有相关的传说记述。二是《汉广》本身没有赋予“游女”以神性，《汉广》全诗都没有对“游女”做任何描述，也没有任何交待。并且，依据比兴手法，“乔木”“不可休”，就是引出和象喻“游女”“不可求”；就是喻示“游女”像“乔木”一样不值得去追慕。因此说，后人随意将“游女”指认为汉水之神是没有依据的。

第二，说“游女”是抒情主人公追求的对象，也较牵强。因为八个“不可”已很清楚地告诉了抒情主人公自己，这种追求没有任何成功的可能：既不能“泳”（泅渡）而去，也不能“方”（乘筏）而去。请不要说修一条高铁这样的傻话。人们做一件事，自己很清楚断绝了希望，这个事情还会有人去做吗？显然，一般不会有人再去做了。

第三，人们有时候会为埋藏在心底的某个愿望，或某个许诺，去从事在别人眼里很傻的事。但我们从《汉广》全诗中看不到抒情主人公心中埋藏有什么愿望、有什么许诺。因此，抒情主人公是不可能去做这种没有任何意愿的事情的。

第四，有人认为这首诗对“不可”的反复咏叹，恰恰证明了抒情主人公内心深深的不甘，而这深深的不甘恰恰是其强烈的内心渴求的表现。这貌似正确的话，背后有问题。问题是什么？问题是过滤掉了“不可”后面的失落、伤感甚至悲寂。假如一定要说这里的“不可”是“不能够”，我以为这“不能够”的背后更多的是失落、伤感甚至悲寂。一首短歌，竟然有八个“不可”，这在中外文学史上也是极为罕见的。我们吟唱一下，仔细体会这八个“不可”，就能很深地感觉到，它是怎样地让人心死！

许多人将这首诗与《秦风·蒹葭》《陈风·月出》相提并论，以为都是写“企慕”之情。确实，《蒹葭》《月出》是写“企慕”之情，后面我们将要讲到。但这首《汉广》不是，如果一定要说《汉广》与企慕之情有关，那也与《蒹葭》《月出》有本质不同——《蒹葭》《月出》所写是在企慕情境之中，而《汉广》所写是在企慕情境之后。换一个说法，《蒹葭》《月出》是热恋之中，而《汉广》是失恋之后。

相反，倒是第二种解释有一些曾经没有说过的道理。

第一，上海博物馆收藏的战国时期楚地的竹简《孔子诗论》，2001年整理出版。《孔子诗论》是极其重要的诗论文献，它弥补了先秦诗论资料的不足，是我们现在能读到的最早的、较系统的古代诗学著作，一般认为多数都是孔子论诗的原话。

《孔子诗论》中，多次论及《汉广》，两次提及《汉广》之“知”（智），说“《汉广》之知，则知不可得也”。意思是说，《汉广》表现的智慧，是知道什么是不能够得到的。

为什么说知道什么是不能得到的就是智慧呢？这与儒家的天命观相通。在儒家看来，人事都是有定数的，这个定数就是“天命”。如人的大限是一百年，如人都有生老病死。儒家强调“知天命”，也就是要知道天命，知道哪些是可为的，哪些是不可为的，即所谓“知者不惑”。既然清楚人的大限是一百年，就不去求长生不老；既然人都会生病，都会老去，最终都会死去，那就不惧怕病痛，就不惧怕衰老，就不惧怕死亡。这种因清楚不可得而不去强求，清楚必将失去而能够坦然接受，就是人生之智。

回到《汉广》这首诗中来，知道“乔木”“不可休”，就不去谋划“乔木”之“休”；知道“游女”“不可求”，就不去谋划“游女”之“求”。

这就是“汉广之知”！

也许会有人说这是实用主义。是的，“实用”确实是儒家思想的重要方面。李泽厚先生曾将其归纳为实践理性——极其重视行为的实用意义，其中一点就是清醒克制的生活态度，不陷入过犹不及的反理性的迷狂。

这是一个理由。第二个理由呢，我认为是诗作的第二章、第三章，在对照中回答了在“汉广”的“天命”之下，人可做且应当做的事情，那就是“翘翘错薪，言刈其楚；之子于归，言秣其马”，那就是“翘翘错薪，言刈其蒌；之子于归，言秣其驹”。

请特别注意“秣马”与“秣驹”的顺序。《诗经》重章时，其不同字词的使用非常讲究先后顺序，如《关雎》先“琴瑟友之”后“钟鼓乐之”，不可颠倒；如《静女》先述“静女其姝”后述“静女其娈”，不可错置；如《子衿》先“青青子衿”后“青青子佩”，不可相反。这样的安排都有其内在逻辑。那么这首诗中先“秣马”后“秣驹”的内在逻辑是什么？至少我们可以感觉到，“驹”是由“马”生的。这里有一个暗示，就是诗歌抒情主人公在“汉广”的“天命”之下，娶妻生子，过着实实在在的人世生活。

“汉广”有怎样的象征义

如果从上面两个理由出发，我们能赋予“汉广”怎样的象征意义？

“汉广”是一种提醒，是一种忠告。

它提醒读者，生活中永远有我们不可能实现的愿望，因为“汉之广矣，不可泳思；江之永矣，不可方思”。生活是一条河流，我们看到的、能涉水而过的都是浅滩，且常常是波澜不惊的；而我们看不到的、无法涉水而过的就是又“广”又“永”的深流。请注意这里的“永”，它不是一般意义上的“长”，在这里具体是指深广的水流长久不息地流去，它没有空隙，没有见缝插针的可能。正因为我们一般都看不到这些，所以《汉广》以八个“不可”提醒我们去看到，去清楚地看到。

它忠告读者，生活中有永远不能够超越的“天命”在，因此，不要去违抗，否则就会被又“广”又“永”的深流所淹没。智者能够认清现实并坦然接受。但我们一般都难以达到这样的生活之“智”，所以《汉广》以八个“不可”忠告读者，“不要”去做那些已经清清楚楚不可能去做的事情，不要陷入过犹不及的反理性的迷狂之中。

如果我们再将视野放大一些，将“汉广”看作一个寓言也未尝不可。《诗》产生的时代，孔子的时代，一直到近代之前，都不会知道有一天我们的语言会被称为“汉语”，不会知道有一天我们的民族会被称为“汉族”。但孔子非常有文化自信，他曾对弟子子张说，“其或继周者，虽百世，可知也”（《论语·为政》），就是说：将来有继承周朝文化的，就是三千年以后的情况，也是可以预先知道的。《孔子诗论》距今近三千年了，就是说孔子说“汉广之知”距今近三千年了。我们今天在谈《汉广》这首诗给读者的提醒与忠告，是不是呼应了孔子所言“虽百世，可知也”？是的，肯定是的。所以，我觉得“汉广”作为一个寓言，它是“天命”的一种暗示，启示我们要去认识“天命”，认识我们命运中又“广”又“永”的深流，然后矫正自己的思想与行为，与“天命”相伴，与“天命”相协，与“天命”和谐共处。

因此，《汉广》这首诗中的“天命”，就是“不求‘游女’”。

《月出》
她走在美的光影里

《月出》是"最民歌"的诗

讲这首《月出》，先要做做文抄公。

山之光，水之声，月之色，花之香，文人之韵致，美人之姿态，皆无可名状，无可执着，真足以慑召魂梦，颠倒情思。

——清代张潮《幽梦影》

她走在美的光影里，好像
无云的夜空，繁星闪烁；
明与暗的最美的形象，
交会于她的容颜和眼波，
融成一片恬淡的清光——

浓艳的白天得不到的恩泽。
多一道阴影，少一缕光芒，
都会损害那难言的优美：
美在她绺绺黑发上飘荡，
在她的腮颊上洒布柔辉；
愉悦的思想在那儿颂扬，
这神圣寓所的纯洁高贵。
那脸颊，那眉宇，幽娴，沉静，
情意却胜似万语千言，
…………

——英国拜伦《她走在美的光影里》

读完上面的文与诗，我们再来读《诗经》中的这首《月出》吧。

月出皎兮，
佼人僚兮，
舒窈纠兮。
劳心悄兮！

月出皓兮，
佼人懰兮，
舒忧受兮。
劳心慅兮！

月出照兮，
佼人燎兮，
舒夭绍兮。
劳心惨兮！

——《陈风·月出》

读完后，是不是能约略感受到前面读到的诗与文的渊源所自？我们当然不能说拜伦是受了《月出》的影响而作《她走在美的光影里》的，但我们完全可以说，晚《诗经》几千年的英国伟大诗人，也是世界级的伟大诗人，写了一首与《诗经》非常相似的名诗。仅从这个角度说，《月出》也值得我们去细细品味！

大家发现了吗？这首诗与前面讲过的《关雎》《静女》《木瓜》《子衿》等，在用词方面有很大的不同。《关雎》这些诗几乎没有什么陌生的字词，而《月出》却用了大量的陌生字词。据前人考证，《月出》中的这些陌生字词，是陈国的方言。如果从民歌使用方言的角度看，《月出》就是最有民歌味的了，是“最民歌”的诗！《诗经》三百多篇由风、雅、颂三部分组成，十五国风共一百六十篇，占了一大半，但像《月出》这样因方言的使用而独树一帜的，却仅此一首。既然《月出》为我们提供了非常典型的民歌样式，我们不妨借此试着去深入体会体会“最”民歌的《月出》的用词妙处。我们试着以思考题的方式来解析。

形容词的“逆袭”

思考一：请大家数一数：这首诗有多少名词？有多少动词？有多少形容词？

对，名词三个：月、人、心，各重复三次；动词一个：出，重复三次；形容词十五个：皎、佼、僚、舒、窈纠、劳、悄、皓、懰、忧受、慅、照、燎、夭绍、惨，其中佼、舒、劳重复三次。

很显然，这首诗用词的一个重要特点是大量使用形容词。

我们都知道，一般而言，文学，尤其是诗歌，对形容词的使用是很节制的，否则就可能言之无物，苍白空洞。中国古代诗人讲究炼字，所炼之字多数为动词，即使是形容词也多半使其动词化，如“春风又绿江南岸”的“绿”字。法国作家福楼拜说：把马说成骏马是不道德的。美国作家海明威则更是仇恨形容词。这当然是极端的例子，但由此也能看得出，对形容词的使用，中外作家都是比较警惕的。

但这首诗却使用了这么多形容词，竟然只有一个动词，真可谓一种“逆袭”了。也正是这种“逆袭”，使得这首诗成了歌咏“月下美人”的经典之作，成了几千年来人们咏叹“月下美人”时不得不回望的源头。

思考二：请大家再将形容词分开，看哪些是写月，哪些是写佼人，哪些是写追慕者的。

皎、皓、照，三个词形容月；佼、僚、舒、窈纠、懰、忧受、燎、夭绍，八个词形容美人，其中“佼”“舒”重复三次；劳、悄、慅、惨，四个词形容追慕者，其中“劳”重复三次。

思考三：我们先看形容月的三个词语，在三章中有什么变化。

对，是“皎洁”→“明亮”→“广阔”的变化。三章反复咏月，月越咏越明亮，越咏越阔大。这就是三章变化咏叹的效果。

再看形容美人的词语有什么变化。

佼、僚、舒、窈纠、懰、忧受、燎、夭绍，这八个词语有两组重章，都用来表现美人之“佼”——首先是“僚”“懰”“燎”重章，依次展现了美人的“娇”→“媚”→“明”；其次是“窈纠”“忧受”“夭绍”重章，依次展现了美人的“婀娜”→“曼妙”→“轻柔”。这两组重章，从不同侧面展现了美人的“佼”，丰富、立体。

再看形容追慕者的词语有什么变化。

劳、悄、慅、惨，后三个词语重章，都是表现追慕者之“劳”——忧心，思念之苦心，但又有细微的变化：“悄”是忧愁，“慅”是忧愁而不安，“惨”更多是因忧愁而烦躁不安。这样，就将追慕者越来越不安的情状逐渐展现出来了。

思考四：通过对三章形容词及其变化的分析，是否可以总结一下这些形容词使用的妙处？

第一，呈现了“月出”“佼人”“劳心”三者各自的变化，通过这些变化将三者的特征表现得具体、鲜明。

第二，三者各自的变化，借助重章叠句的方式，同步依次展开，使三者有机地融为一体，互为诠释、互为彰显，将“月下美人”之美与追慕者之“劳”紧紧地绾结在一起，构成了一幅愈陷愈深的动态的美人企慕情图。

上声形容词的独特音韵美

最后，我们一定要从声韵的角度来体会这首诗，体会这些形容词的高妙。

通过反复朗读，大家可能已经感觉到：这些形容词绝大多数都属于上声。

大家也知道，我们中国古代的五音——宫商角徵羽，其中徵音对应四声中的上声。也就是说，这首诗中的多数形容词，是徵音，是上声。而徵音、上声在情感表达方面多偏向于舒缓、细密的内心世界。要知道，《月出》使用的不是一两个这种上声形容词，而是八个——皎（jiǎo）、佼（jiǎo）、僚（liǎo）、窈纠（yǎo jiǎo）、悄（qiǎo）、懰（liǔ）、慅（cǎo）、惨（cǎo），且有多个多次重复，并最终都指向内心的忧伤。这样，十多个（次）最终指向内心忧伤的上声或连续或断续而来，就变成一场忧伤的内心独白的音乐独幕剧。特别是在重章中间穿插了“窈纠”“忧受”“夭绍”这一组叠韵联绵词后，更使得这场音乐独幕剧所表现的忧伤惆怅之情，“如泣如诉，余音袅袅，不绝如缕”。

大家不妨再读一遍，充分感受一下这一连串的上声形容词——徵音，所表现出来的忧伤惆怅之情。请将这些形容词的声音稍稍拖长一些，其效果会更好。

《蒹葭》
人类永远的痛

《蒹葭》是《诗经》流传最广的作品之一。前面我们讲《汉广》是争议很大的作品，《蒹葭》呢，则是解读角度很多的作品。

蒹葭苍苍，白露为霜。
所谓伊人，在水一方。
溯洄从之，道阻且长。
溯游从之，宛在水中央。

蒹葭萋萋，白露未晞。
所谓伊人，在水之湄。
溯洄从之，道阻且跻。
溯游从之，宛在水中坻。

葭

蒹葭采采，白露未已。
所谓伊人，在水之涘。
溯洄从之，道阻且右。
溯游从之，宛在水中沚。

——《秦风·蒹葭》

《蒹葭》最美的“现代传译”

蒹葭就是芦苇。“苍苍”是深青色的样子，第二、第三章的“萋萋”“采采”分别是茂盛的样子、繁密的样子。“蒹葭”三章重唱，让读者看到蒹葭的变化：深青色的样子→茂盛的样子→繁密的样子。

“溯洄从之”，就是说逆流而上去追寻她。“溯游从之”是说顺流而下去追寻她。

“道阻且跻（jī）”的“跻”是说道路越来越高，需要攀登。“跻”有登、升的意思。下一章的“道阻且右”的“右”是说道路迂回曲折。“右”有迂回曲折的意思。三章重唱，我们可以看到，艰难的追寻道路之长、之险、之曲折。这让我想起勇士攀登珠峰：漫长的攀登，越来越高峻险远的攀登，越来越高峻曲折险远的攀登。这“长”“跻”“右”三字，写尽了寻觅的艰辛与决心。

“宛在水中坻（chí）”的“坻”是水中高地，“宛在水中沚（zhǐ）”的“沚”是水中的小沙洲。三章重唱，我们看到“伊人”一会儿在水中央，一会儿在水中高地，一会儿在水中小沙洲。

《蒹葭》在传诵的过程中，特别是在现代，有不少改写。琼瑶1975年为她的电影《在水一方》创作了同名主题曲《在水一方》，就是《蒹葭》的改写。琼瑶的改写，被誉为《蒹葭》最美的“现代传译”——

绿草苍苍，白雾茫茫，有位佳人，在水一方。

绿草萋萋，白雾迷离，有位佳人，靠水而居。

我愿逆流而上，依偎在她身旁。无奈前有险滩，道路又远又长。

我愿顺流而下，找寻她的方向。却见依稀仿佛，她在水的中央。

我愿逆流而上，与她轻言细语。无奈前有险滩，道路曲折无已。

我愿顺流而下，找寻她的踪迹。却见仿佛依稀，她在水中伫立。

绿草苍苍，白雾茫茫。有位佳人，在水一方。

琼瑶显然是把《蒹葭》中的“伊人”看作了“佳人”。“我”追寻“佳人”，无论是逆流而上，还是顺流而下；无论穿越多少险阻，经历多少曲折，“佳人”却总是因“水”的阻隔而可望不可即。而这也是多数人对《蒹葭》的理解。

《蒹葭》有哪些不同的理解

前面我们讲，《蒹葭》是解读角度很多的作品。大家也可以想一想，还能有哪些不同的理解呢？

有人以为，《蒹葭》是牵牛、织女神话故事的演绎，“伊人”实为织女。古诗十九首中的《迢迢牵牛星》是《蒹葭》的一种改写。“迢迢牵牛星，皎皎河汉女……河汉清且浅，相去复几许！盈盈一水间，脉脉不得语。”这种“盈盈一水间，脉脉不得语”的感觉，确实与《蒹葭》的“可望而不可即”神似。

有人认为，《蒹葭》是写寻觅志同道合者的艰难，“伊人”就是那理想中的朋友、知己。

还有人认为，《蒹葭》是表达事业难以创建，“伊人”就是那理想中的伟业。

也有人说，《蒹葭》就是一次真实寻访的记录。“伊人”住在一个三面环水的半岛上，寻访的人不善舟行，绕水而行路途又太过遥远，所以望“伊人”而作歌咏叹。

你认为上面哪一种说法更有意味？你还有怎样的理解？

这是一道完全开放之题，没有标准答案。

但从上面这些不同的理解中，我们是可以做一点点总结的。

你看，真实的寻访因水或路途的阻隔而无法抵达，这样的实情在现实中比比皆是：许多事情即将完成，许多伟业即将建立，但常常不知所以地功亏一篑；许多人一辈子在寻找知音，但走完一生也不能遇到一个知己……

从最实在的寻访→人生伟业→人生知己→生命的另一半，从人间→神界，似乎都不可能实现人们的梦想。一言以蔽之，“伊人”永不可得。

这就是人类永远的痛！！这也就是人类的悲剧性本质所在。

但人类的伟大就在于能以诗性去享受这个“追寻”的过程，以理性去化解这个“追寻”过程中的苦难。所以，人生代代无穷已，代代人生勇追寻。这种“代代人生”对“伊人”“勇追寻”的不绝情思，也就被概括为人类的“企慕”之情。

这里我们要提一提战争。战争是人类的大灾难。因此，对和平的渴求就是人类的梦想。但这一梦想自古及今，几千年了，依然只是一个梦想。人类在经历了两次世界大战后，有了对战争灾难的更深切的理解,有了对和平的更强烈的渴求。但现在的中东，特别是叙利亚，却长期处在战乱之中。也许，战争真的永远难以避免，但避免战争，赢得和平，也一定是人类永远“追寻”的“伊人”，对和平的向往也一定是人类永远的“企慕”之情!

《蒹葭》是怎样塑造“企慕”对象的

讲到这里，也许有人要质疑了。为什么《蒹葭》《月出》表现的是“企慕”之情，是诗人营造的“企慕情境”，而《汉广》却不是呢?

这是一个非常好的问题!

要回答这个问题，我们一定要明确，“企慕情境”中一定有一个值得“企慕”的对象。因此，我们先回忆一下，《汉广》中有没有值得“企慕”的对象。

没有。我们当时给出了什么理由?两个理由：一是在《汉广》之前，没有“汉水神女”的相关传说记述。《汉广》中出现的“游女”是后代“汉水神女”传说之源。二是《汉广》本身没有赋予“游女”以神性，《汉广》全诗都没有对“游女”做任何描述，也没有任何交待。并且，依据比兴手法，“乔木”“不可休”，就是引出和象喻“游女”“不可求”；就是喻示“游女”像“乔木”一样不值得去追慕。因此说，后人随意将“游女”指认为汉水之神是没有依据的。

《汉广》没有塑造企慕的对象，当然就谈不上“企慕情境”了。

而《蒹葭》《月出》是塑造了具体、生动的“企慕”对象的。《月出》我们已经分析过了，这里再稍复述一下。

《月出》用“佼”“僚”“舒”“窈纠”“懰”“忧受”“燎”“夭绍”这一系列形容词来表现美人之“佼”。首先是“僚”“懰”“燎”重章，依次展现了美人的“娇”→“媚”→“明”；其次是“窈纠”“忧受”“夭绍”，依次展现了美人的“婀娜”→“曼妙”→“轻柔”。两组重章，从不同侧面展现了美人的“佼”，一位令人深深“企慕”的丰富、立体的美人形象就站立起来了。

大家看看，《蒹葭》是怎样塑造“企慕”对象的呢?

对，《蒹葭》没有直接描述“伊人”，但依据比兴原则，“伊人”是由“蒹葭苍苍，白露为霜”引出并象喻的。

按朱熹的解释，“兴”是“先言他物以引起所咏之词”。从古诗词整体看，“兴”不仅是

"引起"，而且多是同类相比。因此，"兴"往往也具有一定的比喻义、象征义。"蒹葭"正是这种典型的"兴"。

落满如霜白露的"蒹葭"纯洁、美丽，诗人以此引出纯洁、美丽的"伊人"。"蒹葭"兼具"引起"与象征义。三章复沓，以"蒹葭"的"苍苍"（深青色）、"萋萋"（茂盛的样子）、"采采"（繁密的样子），"白露"（为霜、未晞、未已），构造清丽、高洁的"追寻"背景，烘托"企慕"对象和"企慕"者的高洁品性，传递不断深化的"追寻"情感，营造出了一个清丽、高洁的"企慕情境"，一个清丽、高洁的"秋水伊人"也就站立起来了。

在这样的对比分析中，我们能很清楚地看到，《汉广》没有"企慕情境"。因此，我更愿意将《汉广》解读成一首"训诫"诗，或者说是"劝诫"诗。相反，《月出》与《蒹葭》都有很美的"企慕情境"。

但《月出》与《蒹葭》两诗的"企慕情境"也是不同的。

《月出》主要表现在视觉与心觉上，《蒹葭》除了视觉与心觉上的企慕，还表现在不屈不挠的行为上。前者有暗恋倾向，后者是热切的追求。

《蒹葭》是怎样营造意境的

最后特别提醒，理解诗歌，要关注意象。诗歌因意象的精心选择而大致规定了诗词主旨的走向。在这样的意象共构而成的背景上，再融进人事，也就是用特写镜头突出诗词的主体人与事，就营造出了诗歌的意境。据此，我们可以分析《蒹葭》一诗是怎样营造意境的。

清秋、清晨、清河、青青苇草、清洁露珠，这些意象的有机结合，构成了一幅素洁淡雅的清秋晨河背景图。在这一背景之上，呈现了第一个特写镜头：清纯女子，伫立，似梦似幻，河水在晨风中泛起涟漪。接着呈现第二个特写镜头：追寻者，眺望，找寻，露珠滴入河水，荡起圈圈涟漪。之后，这两个特写镜头不断重叠：若隐若现的女子与追寻者互相切换。两者中间是茫茫秋水，盈盈云烟，漫漫路途，迢迢远山……因有阻隔，所以这个意境给人的感觉是若即又远，远而复近，近若可即，最终依旧是可望而不可即。

《诗经》概说一

周代社会的“百科全书”

我们已经讲了《诗经》中的七首诗，对《诗经》有了一些感性认识。所以，我们今天在此基础上，对《诗经》做一点概说。

本书拟两次概说《诗经》，“概说一”主要讲《诗经》的内容，“概说二”主要讲《诗经》的影响。

“概说一”将从两个方面来说。

《诗经》的来历

大家都知道，《诗经》是我国第一部诗歌总集，共三百零五篇，由“风”“雅”“颂”三部分组成。

这部总集有怎样一个来历？

一、《诗经》名称是怎么来的？

孔子那个时候，《诗经》有两个名称：

一个是简称，就叫《诗》。《论语》说："兴于诗，立于礼，成于乐"（《泰伯》）；"不学诗，无以言"（《季氏》）；"诗可以兴，可以观，可以群，可以怨"（《阳货》）。这里的"诗"都是指《诗经》。

另一个是全称，叫《诗三百》。《诗经》共有三百零五篇，为称谓方便，便取成数，称《诗三百》。《论语》中说："《诗三百》，一言以蔽之，曰思无邪。"（《为政》）"诵《诗三百》，使于四方，不能专对，虽多，亦奚以为？"（《子路》）

汉代又有三个名称：

一个是《诗三百篇》。司马迁在《报任安书》中说："《诗三百篇》大抵圣贤发愤之所为作也。"

另一个是《诗经》。汉武帝罢黜百家，独尊儒术。《易》《书》《诗》《礼》《春秋》被称为"五经"，列为官学，并设五经博士。《诗》始称为《诗经》。

还有一个是《毛诗》。汉代研究《诗经》者主要有鲁、齐、韩、毛四家，即所谓"诗四家"或"四家说诗"。鲁人申培，传《鲁诗》；齐人辕固，传《齐诗》；燕人韩婴，传《韩诗》；鲁人毛亨、赵人毛苌，传《毛诗》。前三家所注《鲁诗》《齐诗》《韩诗》先后失传，只有《毛诗》传至今天。我们现在读的《诗经》就是毛亨、毛苌所注，叫作《毛诗故训传》，所以后人又称《诗经》为《毛诗》。毛亨、毛苌也被尊为“毛公”，毛亨称大毛公，毛苌称小毛公。

《毛诗》前面有一篇长序，即《毛诗序》，也称《诗大序》，据说是孔子弟子子夏所作。《毛诗》每篇都有小序，《小序》据传是毛亨、毛苌所作。

二、《诗经》是孔子删订而成的吗？

《诗经》收入自西周初期至春秋中叶约五百年间的诗歌，共三百零五篇。

这三百零五篇是怎么来的呢？据传是孔子编订而成的，这也就是“孔子删诗”说。

《史记·孔子世家》载，“孔子之时，周室微而礼乐废，《诗》《书》缺”，“古者诗三千余篇，及至孔子，去其重”，“三百五篇，皆弦歌之，以求合《韶》《武》《雅》《颂》之音”。

据司马迁这个说法，古诗有三千多首，孔子即使没有见到这么多，肯定也要大大多于三百零五篇。是孔子“去其重”，也就是删掉那重复、多余的，留下那些符合礼乐教化的，所以说“皆弦歌之，以求合《韶》《武》《雅》《颂》之音”。

班固继承了《史记》的说法，《汉书·艺文志》说："孔子纯取周诗，上采殷，下取鲁，凡三百五篇。"

关于"孔子删诗"，历代都有争论。北宋欧阳修、明末清初的顾炎武等赞成这种说法，而唐代孔颖达、南宋朱熹、清代王士祯等否定这种说法。今天的学者也基本否定此说，因为孔子之前《诗》已基本定型。据《左传》，孔子特别崇敬的延陵季子到鲁国观乐时，《诗》就基本定型了，而此时孔子才八岁。孔子主要应当是整理、修订，对已经基本定型的《诗》做了进一步的增删工作。

因此，我们大体还是可以说，《诗三百》是孔子最终增删而成的。

三、《诗经》的作者是谁?

《诗经》三百零五篇的作者都是无名氏（也有人认为其中有几篇的作者是可考的）。这些无名氏作者可能是一些怎样的人呢?

当代学者高亨先生在《〈诗经〉选注》中说："周王朝的领主为了充实音乐，为了祭祀鬼神，为了夸耀功业或别种目的，作成诗歌，交给乐官。《周颂》里应该有些诗篇是出于这个来源。第二，王朝乐官为了给领主服务，尽到他的责任，留心搜集诗歌，《小雅》《大雅》及《王风》里应该有些诗篇是出于这个来源。第三，诸侯各有乐官，掌管本国的诗歌，诸侯为了尊重王朝，交换音乐，派人把乐歌献给王朝。《王风》外的十四国风及《鲁颂》《商颂》里，应该有些诗篇出于这个来源。……通过上述的三个来源，诗歌集中在周王朝乐官的手里，并逐渐地增加起来，前后经过五百多年乐官们的编选，才算完成了这部书的编辑工作。”

这实际上是说《诗经》有三类来源：周朝的领主，也就是周天子，作了《周颂》的一部分；周朝的乐官，采集到了一些诗歌，就是《小雅》《大雅》及《王风》的一部分，作者可能是民间诗人，也可能是乐官；各诸侯国的乐官采集到的十四国风及《鲁颂》《商颂》的一部分，作者可能是民间诗人或乐官（参与加工）。

这里要略说说“乐官采集”诗歌。这是说《诗经》有相当一些诗歌是乐官到民间采集来的。这也就是“采诗”说。

大体上说，《诗经》十五国风共一百六十篇，多数都来自民间诗人，少部分是诸侯乐官加工而成；《小雅》《大雅》《鲁颂》《商颂》的一部分来自民间诗人，一部分是诸侯国乐官加工而成；《周颂》为周天子或王朝乐官创作。

《诗经》的内容

一、《诗经》由“风”“雅”“颂”三部分组成。

“风”即“国风”，也就是各地的民歌。《诗经》共有十五国风，一百六十篇。

“风”从不同的角度看，可以有不同的解释。

首先，从音乐形式的角度看，“风”就是声调、调式，“秦风”“魏风”“郑风”，就类似于我们说“陕西调”“山西调”“河南调”。这是相对于周天子管辖的“王畿”地区而言的。

其次，从诗歌内容的角度看，“风”就是民风民情。如“卫风”多数表现贵族上流社会男女婚恋生活；“郑风”多数表现民间男女聚会风情，如《子衿》。

再次，从采诗的意义看，“风”有“讽”的意思。“讽”就是委婉规劝。这就要同前面讲的“采诗”联系在一起说了。

为什么要“采诗”？就是“观风”，就是了解民情，了解老百姓是怎么过日子的，他们有什么要求，有什么怨情。表面看，是周朝统治者愿意听小民百姓的呼声，其实背后有一种“天命”思想在支撑。

古代天命论到周朝时发生了变化，那就是从“天命”到“天命靡常”，“靡常”就是不常，就是有变化。大家知道，周人的天下是从商人那里拿来的。“天命靡常”即是周人取商而代之的理由，也是周人用以告诫自我“敬天保民”的生存逻辑。“敬天保民”就是说“敬畏天命”与“善待百姓”是一回事。你“善待百姓”了，就是“敬畏天命”了，也就“拥有天命”；否则，你就将丢失天命，也就失去统治权，丢失天下。“敬天保民”思想，就是民本思想。

所以，古代的“采诗”，或者说“采风”，是统治者“敬天保民”的民本思想指导下的一种必然行为。

“雅”是“王畿”之乐，是周王朝宫廷宴享或朝会时使用的乐歌。

“王畿”就是周天子管理的地区。“雅”是“正”的意思。周人把王畿之乐看作正声——典范的音乐，就是为社会所尊崇的、大家学习的典范（清代人把昆腔叫作雅部与此相类）。

“雅”又分“大雅”三十一篇、“小雅”七十四篇，共一百零五篇，合称“二雅”或“大小雅”。关于“大雅”“小雅”名称的来源，不少人认为，所谓“大雅”“小雅”是根据其音乐特点和应用场合不同而分的，也有人认为是根据创作时间先后而定的，《大雅》的大部分作于西周初期，《大雅》中的小部分和《小雅》中的大部分作于西周末期至春秋初期。

“颂”是专门用于宗庙祭祀的乐歌，也就是颂歌、祭歌。今天的《伟大的祖国》《春天的故事》就类似于《诗经》中的“颂”。

“颂”包括《周颂》三十一篇、《鲁颂》四篇、《商颂》五篇，共四十篇，合称“三颂”。《周颂》是西周时期周王朝的祭祀乐章；《鲁颂》是春秋时期鲁国的颂歌；《商颂》是春秋时期殷商后裔宋国人的祭祖乐歌。

二、《诗经》是周代社会的“百科全书”。

为什么这样说？

《论语·阳货》中孔子曾说：“诗可以兴，可以观，可以群，可以怨；迩之事父，远之事君；多识于鸟兽草木之名。”

第一讲我们讲到过这一句，但主要是讲“诗可以兴，可以观，可以群，可以怨”。“诗可以兴，可以观，可以群，可以怨”主要是讲《诗经》的文学意义。“迩之事父，远之事君”呢，主要是讲《诗经》的社会伦理意义。它是说，学好了《诗经》，从近处说可以侍奉好父母亲人，从远处说可以侍奉好君王。“多识于鸟兽草木之名”呢，主要是说《诗经》的自然科学意义。可能有人会说，“多识于鸟兽草木之名”怎么就说它有自然科学意义呢？首先，《诗经》述及动植物二百七十三种，其中动物一百三十六种，鸟四十三，兽四十，虫三十七，鱼十六；植物一百三十七种，其中蔬菜三十八，谷物二十四，药物十七，花果十五，草木四十三。其次，“鸟兽草木之名”更是一个代指，因为《诗经》涉及天文、地理等自然的方方面面。

一本书，既是文学经典，又是社会伦理学经典，还是自然科学方面的经典，它其实是从政治、经济、文化、科技、生活等方方面面表现了产生这部经典的那个时代，自然就可称之为那个时代的“百科全书”了。正是从这个角度，我一直提倡，读中国古代经典，应当从《诗经》开始。

但非常遗憾的是，长期以来，我们对《诗经》的认识是非常片面的，特别是一些受阶级斗争理论影响深刻的人，只看到了《诗经》反映的“劳动人民的苦难”和“阶级压迫与剥削”。尽管现在人们很少这样阐释《诗经》，但受“反传统的传统”的影响，人们依然看不到《诗经》的无比丰富性。

三、《诗经》是古代“礼乐文化”的典范。

前面我们讲到《孔子世家》载，“孔子之时，周室微而礼乐废,《诗》《书》缺”,孔子“去其重,取可施于礼义……三百五篇,皆弦歌之,以求合《韶》《武》《雅》《颂》之音”。

什么叫“皆弦歌之,以求合《韶》《武》《雅》《颂》之音”?就是全部配上乐谱来歌唱,以使这些诗能符合《韶》《武》《雅》《颂》这些乐曲的标准。

这就讲得非常明白,孔子整理、修订《诗经》,就是期待恢复周人的礼乐,这也正是孔子“克己复礼”主张的一个重要行为。

孔子之所以讲“诗可以兴,可以观,可以群,可以怨;迩之事父,远之事君;多识于鸟兽草木之名”,也与此有着非常深刻的关联。

这也告诉我们,如果我们要读好《诗经》,就要将其放到周代“礼乐教化”的文化逻辑中来。

什么是“礼乐教化”的文化逻辑呢?我们可以看看《乐记》中的说明:

> 乐者为同,礼者为异。同则相亲,异则相敬。乐胜则流,礼胜则离。合情饰貌者,礼乐之事也。礼义立,则贵贱等矣;乐文同,则上下和矣。

就是说:乐的特性是求同,礼的特征是存

异。同使人们互相亲爱，异使人互相尊敬。乐事太过，会使人之间的差序界限混淆；礼事太过，会使人们离心离德。和合人情，使人们相亲爱，整饬仪行，使尊卑有序，便是礼乐的功用了。礼的精义树立了，贵贱等差就分明了；乐的功用有了，上下就和合了。

这些话，用一句话概括，就是“和而不同”，通过礼乐教化达到差序有定而又同心同德的目的。

但我们今天对此却基本没有什么认识。这也是我们在讲读这些诗篇时，尽可能涉及古代礼乐的原因。所以，在前面几首诗的学习中，我们切入了“钟鼓”“琴瑟”“彤管”“回报”“子衿”“子佩”“游女”等内容的辨析。

《桃夭》

幸福之家的象征

当今有两家大型超市，一家是瑞典人开的，叫“宜家”；一家是法国人开的，叫“家乐福”。这两家大型超市的译名，不知是否受到过《桃夭》的启示？如果是受到《桃夭》的启示，那就可以说，它们是学习《桃夭》的好榜样。

桃之夭夭，灼灼其华。
之子于归，宜其室家。

桃之夭夭，有蕡其实。
之子于归，宜其家室。

桃之夭夭，其叶蓁蓁。
之子于归，宜其家人。

——《周南·桃夭》

桃

《桃夭》是对家庭幸福生活的描述

什么叫“桃之夭夭”？就是桃树树枝矫健的样子。

什么叫“灼灼其华”？就是桃花灿烂耀眼的样子。华，是“花”的本字。开始没有“花”字，“花”的义项全部由“华”承担。后来出现了“花”字，“华”字的任务就轻了一些。

什么叫“之子于归”？就是这个女孩子出嫁了。请注意，“子”在古汉语中常常是子女的意思，既指男子，也指女子。像宋玉的《登徒子好色赋》里“臣里之美者莫若臣东家之子”的“子”，就指女子。他说，我家乡漂亮的女孩子没有比得上我东邻家的女孩子的。于归，出嫁。古人认为女孩子先是寄养在父母家，出嫁后的家才是她自己的家，所以把出嫁叫作归。

什么叫“宜其室家”？就是女孩子建立自己幸福的家！宜，和顺，幸福。室，男有室；家，女有家。“室家”是同义复词，就是指家。下文的“家室”“家人”大意相同。但从“室家”→“家室”→“家人”，还是有层递性的：出嫁了，有家了，有孕了，有儿有女了。这种层递感还是很强的。这里要说一下的是，《礼记·礼运篇》中描述“大同”世界时，有这样的话：“男有分，女有归。”就是说，男人有职分，有自己的事业，女人有家室，有自己的爱巢。都说今天是一个很好的时代，也是一个很坏的时代。坏在哪里？其中一点就是“女无归”，许多女孩子由于种种原因难以嫁出去。大家常常一听说古代的礼，听说《礼记》之类就反感，其实，像《礼记》描述的“大同”世界，特别是畅想的“男有分，女有归”，这是人类最本质的东西。可惜这种生活的本质幸福，被我们掩埋得很深了。

什么是“有蕡（fén）其实”？就是果实鲜艳硕大。蕡，果实鲜艳硕大的样子。

什么是“其叶蓁蓁（zhēn）”？就是枝叶繁茂的样子。蓁蓁，枝叶繁茂的样子。

不难读出来，这首诗就是对家庭幸福生活的描述：

这美艳若桃花、灿烂若桃花的姑娘出嫁了；像那桃花结出鲜艳硕大的桃子，嫁到夫家后这姑娘就怀孕生子了；像那桃树枝繁叶茂，这姑娘的家也很快人丁兴旺繁荣幸福其乐融融了。

至此，我们再回到开头讲到的“宜家”“家乐福”，这样的译名是不是深得《桃夭》之题旨？

《诗经》的艺术手法被古人概括为“赋比兴”。在讲《蒹葭》时我们讲到，按朱熹的解释，“兴”是“先言他物以引起所咏之词”。从古诗词整体看，“兴”不仅是“引起”，而且多是同类相比。因此，“兴”往往也具有一定的比喻义、象征义。这首《桃夭》中的“桃”也具有“兴”的这种意义。

我们看，所谓“先言他物”，就是先说“桃”——“桃之夭夭，灼灼其华”；所谓“引起所咏之词”，就是由“桃”引出“之子”——“之子于归，宜其室家”。后面两章可以依此类推。

我们再看，所谓比喻义、象征义，就是用“桃之夭夭，灼灼其华”来比喻、象征“之子”之美。后面两章也是依此类推。

这样在三章的反复咏唱中，借“桃之夭夭”与“灼灼其华”“有蕡其实”“其叶蓁蓁”来咏叹“之子”之美、之家共构而成“之子”之家庭幸福，将那种对家的美好期盼表现得实实在在又浪漫温馨。

不知大家是否有过这样的经历：清晨阳光映照，翠绿的桃叶之中，硕果累累，微风吹过，翠叶、红果、阳光，三者相互嬉戏。此时此刻，你就站在那桃树之下欣赏这自然之奇景，何其惬意！

这种奇景，就是《桃夭》表现的幸福之家的象征。

《桃夭》的艺术必然性主要体现在哪里

“兴”在《诗经》中确实运用得非常广泛。回忆讲过的《关雎》《汉广》《月出》，可写出具有“兴”这种特征的诗句。

《关雎》：“关关雎鸠，在河之洲。窈窕淑女，君子好逑。”

《汉广》：“南有乔木，不可休思；汉有游女，不可求思。”

《月出》：“月出皎兮，佼人僚兮”；“月出皓兮，佼人懰兮”；“月出照兮，佼人燎兮”。

在讲《子衿》时，我们讲到第三章不与前两章重章时，讲到了艺术个性，讲到了《子衿》的第三章不与前两章重章是艺术的必然性。同样，《桃夭》在艺术必然性方面，也有它的独特处。你觉得这《桃夭》的艺术必然性主要体现在哪里？

对，就在它选择“桃花”起兴、作比。

大家想一想，我们的国花是什么花？牡丹！获得人们赞美最多的花是什么花？梅还是菊？是梅！那么菊呢？菊也获得过广泛赞誉，被称为“隐君子”。还有莲，被誉为“莲君子”。

相比较而言，桃花并没有这些花在人们心目中的地位高；相反，桃花还被视为“轻薄”，“诗圣”杜甫就有“颠狂柳絮随风去，轻薄桃花逐水流”的名句。

但大家想一想，如果这首诗不是用桃花比新娘，而是用牡丹，或梅或菊或莲来比新娘，会怎么样呢？

显然就不可能有现在这样的效果。

我们看，桃花鲜艳娇媚，恰与新娘的特征契合，也与新婚的热闹喜庆相吻合。特别是它与农业文明时期普通农人的生活非常契合。如果是牡丹，雍容华贵，是不是太华贵；蜡梅，坚贞孤傲，是不是太孤傲；菊花，素雅清逸，是不是太清逸；莲花，清廉高洁，是不是太高洁。雍容华贵、孤傲坚贞、素雅清逸、清廉高洁，这都是美的极致，但从整体美感而言，这些美不是用来“表达”新娘的，也就是说《桃夭》是不可能选择这些花来起兴、作比的。

同时，我们还能看到，在这些花之中，只有桃之花、之实、之叶是完全可视可观的，且之实、之叶的统一感也是最独特的。也就是说，在这些花中，只有桃才是统一于“有蕡其实”“其叶蓁蓁”的视觉之中的。这样的统一性，正好引出并象征婚后家庭幸福生活的情状，其他的花不能产生这样的效果。且不说结出果实，仅说花期之外的其他时间，牡丹、蜡梅、菊花、莲花都没有桃那样给人以旺盛生命力的欣喜感。

因此说，《桃夭》这首诗以“桃”起兴、作比，是艺术必然。它将生活艺术化，将艺术生活化，将艺术与生活融于一体。

这也告诉我们，《诗经》之“兴”是非常讲究的，是有艺术匠心的，每一篇都是有其文化逻辑的，有其艺术必然的，需要我们细细品味。

桃花在文人笔下有怎样的模样

既然前面已经讲到了桃花的被轻视，这里我们就不妨再稍稍扩展一点，看看桃花在文人笔下的模样。

要说进入诗文的历史，桃花与荷花都在《诗经》中出现了，菊花在《离骚》中出现了，梅花在南朝诗人如何逊、陆凯、鲍照等的笔下出现了，桃花与荷花进入诗文是历史最久的。

但桃花的命运却在不同文人的笔下有着天壤之别。上面我们讲到杜甫对桃花的鄙薄。而同是唐代诗人，崔护的《题都城南庄》却写出了与《诗经》一样的意蕴："去年今日此门中，人面桃花相映红。人面不知何处去，桃花依旧笑春风。"

对桃花喜爱的诗人，我们熟悉的还有白居易，他的《大林寺桃花》也很有名："人间四月芳菲尽，山寺桃花始盛开。长恨春归无觅处，不知转入此中来。"

其实陶渊明的《桃花源记》中的桃花意象也很美："忽逢桃花林，夹岸数百步，中无杂树，芳草鲜美，落英缤纷。"

但确实很少有诗人，将桃花与自己的生命联系起来思考的。也就是说，文人们没有像赋予菊、梅、莲生命高贵性那样赋予桃花以生命的高贵性。这不仅与桃花的"艳丽"之质有关，也与桃花的生长时空有关。

不过到了明代唐寅的笔下，桃花却获得了很高的礼遇。唐寅在他的《桃花庵歌》中写道：

> 桃花坞里桃花庵，桃花庵里桃花仙。
> 桃花仙人种桃树，又折花枝当酒钱。
> 酒醒只在花前坐，酒醉还须花下眠。
> 花前花后日复日，酒醉酒醒年复年。
> 不愿鞠躬车马前，但愿老死花酒间。
> …………
> 世人笑我太疯癫，我笑世人看不穿。
> …………

唐寅的一生很曲折，他除了用书画反抗，还用诗酒反抗。明代文人对命运的反抗有相似之处，就是以俗抗俗。唐寅也是一样。你们不是认为桃花轻薄吗？那我就要与轻薄为伍！这种与轻薄为伍就是唐寅的一种反抗方式。

最后，我们必须讲一下那个大家都熟悉的成语——逃之夭夭。

几乎所有的辞书都说“逃之夭夭”由“桃之夭夭”而来，说“逃”是“桃”的谐音。也许吧。如果真是这样，那真是委屈这“桃之夭夭”了。几千年了，它不仅没有“逃之夭夭”，而且一直伴随着人们过着温馨幸福的生活，相约到永远。

《硕人》

中国文学第一美人

“硕人”怎么与“美人”联系起来了？

查《古汉语常用字字典》，“硕”有两个义项，一读 shuò，“高大”的意思；二读 shí，“坚固”的意思。

“硕（shuò）人”就是高大的人，与我们今天说的美人无关啊。但《诗经》时代，“硕人”就是美人。不仅《卫风·硕人》这首诗是这样写的，还有《陈风·泽陂》《小雅·车辖》也是这样写的。并且，在那时，无论男女，“硕人”都被视为美人，或者美男子，或者美女。

硕人其颀，衣锦褧衣。
齐侯之子，卫侯之妻。
东宫之妹，邢侯之姨，谭公维私。

手如柔荑，肤如凝脂。
领如蝤蛴，齿如瓠犀。
螓首蛾眉，巧笑倩兮，美目盼兮。
硕人敖敖，说于农郊。
四牡有骄，朱幩镳镳，翟茀以朝。
大夫夙退，无使君劳。
河水洋洋，北流活活。
施罛濊濊，鳣鲔发发，葭菼揭揭。
庶姜孽孽，庶士有朅。

——《卫风·硕人》

“第一美人”有怎样的丰神

我们看，第一章一开始就说，“硕人其颀”，就是说这个美人又大又高。“颀”就是长。第三章一开始就说，“硕人敖敖”，还是说这个美人又大又高。“敖敖”就是昂昂、高昂的样子。她不仅高，还昂起头，很得意的样子。

这两句是概写这个美人的丰神——高大、健朗、丰腴。

这样一个丰神美女有怎样的身份？第一章讲得很清楚：她是齐国国君的女儿，是卫国国君的妻子，是齐国太子得臣的妹妹，是邢国国君的小姨子，也是谭国国君的小姨子。“维私”是什么意思？维，其；私，女子称姊妹的丈夫为私。

你看看，这个丰神美女原来有如此尊贵的地位！齐君的公主，卫国第一夫人！

所以，第一章第二句写她的衣着是这样的：“衣锦褧（jiǒng）衣”，说她穿着锦缎的衣服，外面还有一件绢丝做的罩衣。褧衣，绢丝做的罩衣。那锦缎的衣服且不去说它，这褧衣却一定要说一说，它可是经由特别的工艺制作出来的高级衣服。马王堆出土了一件完好的西汉褧衣，真正是薄如蝉翼，叠起来可以放到一个小小的火柴盒里。仅从这个穿着上，即可见这个丰神美女地位的尊贵了！

当然，只是远远地看到很高大的身材，恐怕不能完全说她就是美人了。我们还要走近看看，看看她的脸，看看她的眼。诗人似乎很懂我们的心意，所以诗作第二章用了整一章描述近距离所见的美人模样：

> 手如柔荑，肤如凝脂，领如蝤蛴，齿如瓠犀，螓首蛾眉，巧笑倩兮，美目盼兮。

我们在《静女》中讲过“荑”。“荑”就是

嫩茅草。美人的手就像那剥开的柔嫩的白茅，又嫩又白。

“凝脂”是什么？凝固的油脂，细嫩的豆腐。美人的皮肤像细嫩的豆腐，洁白细腻。

“蝤蛴”是什么？是天牛的幼虫，细长乳白。美人的颈脖像天牛的幼虫，细长而乳白。

“瓠犀”是什么？是葫芦籽，均匀白净。美人的牙像瓠犀，排列均匀而白净。

“螓”是什么？一种蝉，额头方宽洁净。美人的额头像螓，方宽而洁净；眉毛像蚕，细长弯曲。

“巧笑倩兮，美目盼兮”，在前面我们讲过，还记得吗？意思是：美妙的笑很好看啊，美丽的眼睛顾盼有神啊。

近距离看到美人之美，有哪些特征，可总结出几点来？

第一是白净，你看“手如柔荑，肤如凝脂，领如蝤蛴，齿如瓠犀”，都有“白净”之性。

第二是水灵、柔嫩，你看什么柔荑呀，凝脂呀，蝤蛴呀，都有“水灵”“柔嫩”之质。

第三是方正、大气，你看“齿如瓠犀，螓首蛾眉”，透出一种端庄秀丽之气。

第四是妩媚，你看“巧笑倩兮，美目盼兮”，那是一笑百媚生，顾盼万种情。

再加上前面讲到的总体丰神——健朗、丰腴，一个美人标准就出来了！

应当说，《硕人》虽然是几千年前树立的美人标准，但在今天似乎还基本上成立。

当然，佳人不同体，美人不同面。关于美人之美，古人也还有“病西施”“楚腰”“燕瘦环肥”等说法。今天所谓的“骨感”“白富美”“女汉子”，也是不同的理解。

“硕人”是中国文学第一美人

但我要说，《硕人》所写的“硕人”，是中国文学第一美人。

首先，她是中国文学塑造的最早的一位美人。《诗经》中还有许多女子形象，但主要从“美人”之美的角度来表现的，就要数这“硕人”了。尤其是第二章，全章集中正面描述，这在其他篇什中所未见。

其次，“硕人”之美——白净、水灵、柔嫩、方正、大气、妩媚，几千年来一直是各类美人的基本元素。

再次，其“巧笑倩兮，美目盼兮”的“眼力”，成了后代美人之美的第一要素。

最后，健朗、丰腴虽不为今天许多人所认可，但我们还是要承认，健朗是美的要素。失去了健朗，其实就是失去了美的基本要素。

上面分析了第一、二章，现在我们再读一下后两章。

硕人敖敖，说于农郊。四牡有骄，朱幩镳镳，翟茀以朝。大夫夙退，无使君劳。

“说于农郊”是说“硕人”的车队停歇在郊野农田的旁边。“说”，通“税”，停车。为什么停下来？停在这儿干什么？这是古代风俗：女子出嫁，车队快到婆家时，要停下来，让新娘穿上婆家的迎新衣裳。

原来今天是“硕人”出嫁，由齐国嫁到卫国。据《左传》和《史记》载，公元前753年，卫庄公娶齐女为妻。这首诗就是写这件事。这“硕人”就是卫庄公之妻庄姜。

“四牡有骄，朱幩镳镳”：牡，雄性的鸟兽，这里指公马。幩，系在马嚼上的饰物。镳镳，盛大的样子。这两句是说驾车的四匹公马很雄健，马嚼上系的红绸带很漂亮。

“翟茀以朝”：翟茀，由雉鸡羽毛装饰的车盖。这句是说车队缓缓驶入卫国的朝堂。

第三章主要写迎新的车队盛大，礼数周全，说明婚礼很庄重。

最后一章完全是烘托，用环境的美好渲染婚事的吉庆。

河水洋洋，北流活活。施罛濊濊，鳣鲔发发，葭菼揭揭。庶姜孽孽，庶士有朅。

用今天的话说，就是：黄河之水一望无际，北流入海浩浩荡荡。下水的渔网哗哗响，戏水的鱼儿拔啦跳，两岸的芦苇长又长。陪嫁的姑娘身材高挑，随从的男士相貌堂堂！

把四章连起来读，能看到各章之间的关联：第一章，“硕人”之尊贵；第二章，“硕人”之美丽；第三章，迎新之庄重；第四章，婚事之吉庆。四章全部指向“硕人”之美，具有很强的向心力。

中国古典女性美有哪几种类型

现在我们可以将《硕人》与《关雎》《桃夭》比较一下，看一看三首诗写婚嫁有哪些不同。

我们至少可以看到两点不同。

一是主要内容指向不同。《关雎》中的“窈窕淑女，钟鼓乐之”，不是君子真的将淑女娶回了家，而是他做的一个追求梦，这指向爱情（热恋）的美丽。《桃夭》中的“之子于归，宜其室家”，是对女子出嫁的陈述，指向婚姻与家庭的幸福。《硕人》中的“四牡有骄，朱幩镳镳，翟茀以朝”和“庶姜孽孽，庶士有朅”，是对迎亲队伍的描述，烘托“硕人”的尊贵与美丽。

二是塑造的抒情主人公不同。《关雎》中的“君子”，是一个热恋中的贵族青年，知书达理，具有较高的礼乐文明。《桃夭》中的“之子”，是一个普通人家（农家）女子，漂亮、活泼，享受婚姻、家庭生活的幸福。《硕人》中的“硕人”，是齐君的公主，卫君的妻子，地位尊贵，健朗、端庄、妩媚，受到人们的爱戴。

从三首诗中女性美的不同内涵，可以看到中国古典女性美的哪几种类型?

一是淑女型。《蒹葭》中用了两个词语形容让“君子”“寤寐思服”的女子，一个是“窈窕”，一个是“淑”。窈，内心美的样子；窕，外表美的样子。“窈窕”合起来就是形容女性内外兼美，可谓纯洁美丽。淑，就是善。“窈窕淑女”，就是美善的女子。从总体上说，淑女之美，主要是由内而外流溢出来的美，是因内修而外溢之美。这样的女性，知书达理，温婉而雅，显示出教养之美、教化之功。

谈到教化，早期女子教育主要依据“三礼”中的一些规定，融入“六艺”学习。进入汉代以后，出现了一些专门教材，如刘向的《列女传》，分为“孽嬖”“辩通”“节义”“贞顺”“仁智”“贤明”“母仪”七类；班昭的《女诫》，分“卑弱”“夫妇”“敬慎”“妇行”“专心”“曲从”和“叔妹”七篇；武则天也召人撰写过《孝女传》《古今内范》等书。

古代女子教育偏向于道德伦理教育，对才智开发极不重视，以至于出现“女子无才便是德”这样的言说。因此，淑女教育，从某种程度上说，是男权对女性智慧的扼杀。只要想一件事，我们就能明白这个理，中国几千年传统社会，只产生了为数不多的几位伟大的女性诗人，比如李清照、朱淑真等；在科技发明领域，女性的名字也极少。由此不难看出，古代女性教育缺失极大。

在这一点上，中西差异极大。在西方文化中，女性的地位尽管也没有男性高，但我们从希腊神话中的爱神阿佛洛狄忒、美惠三女神，到中世纪宗教文化中的圣母玛利亚，再到现代文化的自由女神，可以看到，西方文化中的女性地位要远远高于中国文化中的女性地位。这也就不难理解，为什么但丁可以在《神曲》中安排但丁的情人贝雅特丽奇做游历天国的导游，而古罗马大诗人维吉尔被安排做游历地狱和炼狱的导游。

二是民女型。《桃夭》用“夭夭”“灼灼”“蕡”“蓁蓁”来状写桃枝之矫健、桃花之灿烂，用以象征“之子”之矫健、灿烂。这是天然美，是健美，是娇艳而质朴的自然美。这种自然美，从《诗经》时代，一直到今天，都为人们所称颂。

三是高贵型。无疑，《硕人》表现的女性美，是一种高贵美。地位的尊贵、外在的健朗与丰腴、“手”“肤”“领”“齿”“首”“眉”“笑”“盼”共同铸造的端庄与妩媚的气质，达到了一种难以超越的女性美。显然，这只能是一种标准，是一种高标。这一高标至今依然是人们用来评判女性美的一把标尺。

第二章描述“硕人”之美时用了什么写作手法

本讲最后，我们应当思考一个问题：《硕人》第二章描述“硕人”之美时，用了什么样的写作手法?

《硕人》第二章是非常之章，很有名。前几句是用一系列比喻写“硕人”之美。这些比喻的妙处是用日常生活中常见的事物，具体形象地表现“硕人”不同部位之美。今天我们不太清楚“荑”“凝脂”“蝤蛴”“瓠犀”“螓”“蛾”，而在《诗经》时代，这些动植物及制品都是人们非常亲近的。那是人类农业文明的早期，普通人与自然的亲近程度，远高于农业文明后期的人，更远远高于工业文明时期的今人。在讲《静女》时我们讲过“荑”。这种嫩茅草剥开以后，里面洁白无瑕，闻一闻，有淡淡的清香；放入嘴里吮吸，有淡淡的甜味。这个“荑”啊，色、香、味，全有了！最后一句是前几句具体摹形的基础上的“点睛”——“巧笑倩兮，美目盼兮”。写形是静态，点睛是动态。正是这流动的笑容、流动的目光，使“硕人”的端庄妩媚成为跨越几千年的美人高标。朱光潜先生认为这是一种化美为媚的美。他说：“化美为媚，就是把静止的形体美化为流动的动作美。《诗经·卫风》中有一章描绘美人的诗便是一个顶好的例子：最后两句突然化静为动，着墨虽少，却把一个美人的姿态神情完全描绘出来了。”

《女曰鸡鸣》

把日子过成诗

女曰："鸡鸣。"士曰："昧旦。"
"子兴视夜，明星有烂。"
"将翱将翔，弋凫与雁。"

"弋言加之，与子宜之。
宜言饮酒，与子偕老。
琴瑟在御，莫不静好。"

"知子之来之，杂佩以赠之。
知子之顺之，杂佩以问之。
知子之好之，杂佩以报之。"

——《郑风·女曰鸡鸣》

从《女曰鸡鸣》中看怎样“把日子过成诗”

大家回忆一下前面讲过的《关雎》《静女》《子衿》《桃夭》《硕人》，这几首诗或涉及爱情，或涉及婚姻，或涉及家庭。但与这几首诗对照一下，我们会很快发现，《女曰鸡鸣》才真正是一首写家庭生活的诗。这首诗写了夫妻俩的一组对话，生活情境感很强——

女说：“亲，耳听鸡叫唤。”
男说：“哼，天才亮一半。”
女说：“你且下床看看天，启明星儿光闪闪。”
男说：“干起来啊起来干，射野鸭儿也射雁。”

女说：“射鸭射雁准能着，和你煮雁做美肴。
有了美肴好下酒，祝福我俩同到老。
你弹琴来我鼓瑟，多安静多美好。”

男说：“晓得你对我真关怀，送给你杂佩答你爱。
晓得你对我体贴细，送给你杂佩表谢意。
晓得你爱我是真情，送给你杂佩表同心。”

（余冠英译，略有改动）

在这一组生活对话中，能看到《诗经》时代家庭生活的哪几个方面?

一是辛勤的劳作。天还是蒙蒙亮时，就要出猎了。显然，这是一对普通的乡村夫妇。因此，他们得起早贪黑地劳动，以获取生活资料。家庭生活是实实在在的，对一个普通家庭而言，最实在的一点就是劳动！没有辛勤的劳动，就没有实实在在的普通的家庭。这是几千年不变的道理。

二是温馨的提醒与应答。妻子说："亲，鸡打鸣了。"提醒丈夫起床。丈夫说："唉，天还没有真亮。"是想多磨蹭一会儿。妻子说："亲，启明星都老高了。"是催促。丈夫说："是啊，那鸟儿已开始飞翔了，我去帮你打下来。"是应允。这样温馨的提醒与应答是一对恩爱夫妻家庭生活的日常。像《静女》《子衿》诗中的那种生活态，恐怕是非常态。

三是男主外女主内。丈夫在外打拼，妻子在家料理。丈夫把野鸭和大雁打回来，妻子把野鸭和大雁处理好。夫妻这种清晰的角色意识和执行力，是家庭和谐的重要基础。这似乎是几千年未变的中国式和谐家庭模式。今天是不是还有许许多多这样的家庭呢?

四是努力创造高品质生活。"宜言饮酒，与子偕老。琴瑟在御，莫不静好。”这是妻子的话。妻子这番话透露出的秘密是：在平凡的家庭生活中，要尽可能创造高品质的生活。因此，设计适当的仪式，创造表达情感的氛围，共同进行一些高雅家庭活动，相当重要。在这一点上，也许妻子更懂一些，也许丈夫更懂一些。不管谁懂，一个家总要有这样一个人。传说汉代京兆尹张敞每天要为妻子画好眉毛才去上朝，汉宣帝听闻这件事后，当着群臣的面询问，张敞答曰：“闺房之乐，有甚于画眉者。”你可能会说，京兆尹是大官，有闲工夫啊。但有闲工夫未必能将日子过成诗，更可能将日子过成沼泽。在平凡甚至贫寒的日子里，保持对生活的温度感与期待感，更有可能把日常过成诗。“琴瑟在御，莫不静好”，物质的琴瑟也许只能是想象，但心灵的琴瑟可以在对方的心灵上得到回响；永远把你捧在手心里也许只能是真诚的一种夸张表达，但带你梦游则可以是质朴的日子中的常态温馨。被林语堂赞美为“中国文学中最可爱的女人”——《浮生六记》中的女主人陈芸，与她的丈夫沈三白的生活方式或可用来做一个注脚。《浮生六记》是传记，虽有一定的文学加工，但许多故事基本上是作者沈复与妻子陈芸布衣蔬食而艺术地生活的再现。三白评说芸娘：“其癖好与余同，且能察眼意，懂眉语，一举一动，示之以色，无不头头是道。”这样的心心相印，就是“琴瑟在御，莫不静好”。

五是用更大的努力回报对方的爱。人们常常有一种误解，以为进了一个门，就是一家人。其实，如果一方对另一方的付出长期没有觉醒，没有适当的回报，进了一个门的人也未必真的就是一家人。我们学过《木瓜》了，我们讲到了“报”的可能与难能。放在这个地方说，《女曰鸡鸣》中的丈夫与妻子都是懂得“报”的人。丈夫说：“知子之来之，杂佩以赠之。知子之顺之，杂佩以问之。知子之好之，杂佩以报之。”这就是知报必报，以报还报，报而有报，报报相报。可惜，这一点，今人有太多的不懂！

我们读《诗经》，当然要把它当“诗”来读，今天我们虽然不可能也没有必要拘泥于汉儒以及后代儒家的解读，但也不能完全无视这个“经”字。我以为，像《女曰鸡鸣》这样的诗，无论从文学上说，还是从经学上说，它都是“实实在在”的对生活的表达。有道是，生活就是真理，实实在在的生活就是实实在在的真理。这就是我将《女曰鸡鸣》安排在《关雎》《静女》《子衿》《汉广》《桃夭》《硕人》之后学习的本心。当我们读了《女曰鸡鸣》之后，再回望前面读到的《关雎》《静女》《子衿》《汉广》

《桃夭》《硕人》这一类诗，我们会发现，爱情可能会在生活中老去，但恩情却在生活中生长。爱情的老去，不是爱情的死去，而是爱情的“之子于归”。也许，正是在这样的情境之中，朱熹读《女曰鸡鸣》时，竟“有不知手舞足蹈者”。

《女曰鸡鸣》中哪个词语可以概括诗作表达的生活理想

如果从这首诗中找一个词语来概括这首诗表达的生活理想，你找哪一个词?

我们能找到“偕老”“静好”“报之”这三个词。哪一个更好呢?

“偕老”即共同生活到老。侧重于夫妻俩一辈子相守、一辈子相爱的信仰。

“静好”即安静美好。侧重于夫妻生活和谐安定的描述。

“报之”即回报您。侧重一方对另一方回报的陈述。

这三个词是三个侧重点，“偕老”是信仰，“报之”是行为，“静好”是状态。我们可以说，当夫妻坚守“偕老”的信仰，施以“报之”的行为，就会有“静好”的状态。这样分析之后，我们发现，“偕老”的信仰、“报之”的行为，是“静好”的状态的原因，“静好”的状态则是“偕老”的信仰、“报之”的行为的结果。

很显然,用“静好”一词来回答这个问题,比“偕老”和“报之”都更合适。

“静好”的生活具体是由什么表现出来的

“静好”的生活在本诗中具体是通过“琴瑟在御”表现出来的。

从行文逻辑看，“静好”是对上文“琴瑟在御”生活的形容性陈述，也就是说，因为“琴瑟在御”，所以生活“静好”。从古人的生活方式看，夫妻一起弹琴鼓瑟是恩爱的表现,所以常用“琴瑟和鸣”来象征夫妻恩爱。

为什么有这样的象征？讲《关雎》时，我们讲到过，“琴瑟”二字的形旁都是“珏(jué)”。《说文》：“珏，二玉相并之形。”由此可知，琴瑟发出的声音就像二玉相碰之声，表示这是一种“玉声”。“玉声”是什么声？是高贵悦耳之声。古代的琴于正式场合在贵宾面前弹拨，瑟用于重大典礼的背景音乐的弹奏。琴瑟合奏比喻和谐，所以“琴瑟和鸣”表达夫妻感情和睦、家庭生活和谐、朋友情谊深厚，甚至人神相得。

我们看，《诗经》中除了《关雎》《女曰鸡鸣》写到了琴瑟，还有多篇写到。

如《小雅·常棣》：“妻子好合，如鼓瑟琴。”——夫妻父子相亲，就像琴瑟和鸣。

《小雅·鹿鸣》：“我有嘉宾，鼓瑟鼓琴。鼓瑟鼓琴，和乐且湛。”——宾主一起鼓瑟弹琴，长久和乐。

《小雅·甫田》：“琴瑟击鼓，以御田祖，以祈甘雨，以介我稷黍，以谷我士女。”——又弹琴，又奏瑟，又击鼓，来迎接农神，祈求老天降甘霖，保佑来年大丰收，养活我万千子民。这就是人神以和。

《鸳鸯》

恬美静好的幸福

大家还记得吗？《诗经》第一篇叫什么？对，叫《关雎》。《关雎》第一句是什么？是“关关雎鸠”。“关关”是什么意思？是雎鸟的啼叫声。

是的，《诗经》是从鸟的啼叫声开始的，并且，此后一直都有鸟的啼叫声。仿照孟浩然的诗句就是：“《诗经》不得了，处处闻啼鸟。”孔子曾经也说：“诗……多识于鸟兽草木之名。”《诗经》写了多少鸟？有四十三种，也就是说，每七首诗中就有一首写到鸟。并且，许多诗句都成了名句——

关关雎鸠，在河之洲。窈窕淑女，君子好逑。（《关雎》）

伐木丁丁，鸟鸣嘤嘤。出自幽谷，迁于乔木。嘤其鸣矣，求其友声。（《伐木》）

鴛鴦

春日载阳，有鸣仓庚。（《七月》）

于嗟鸠兮，无食桑葚。（《氓》）

燕燕于飞，差池其羽。（《燕燕》）

鸿雁于飞，肃肃其羽。（《鸿雁》）

交交桑扈，有莺其领。（《桑扈》）

凤凰鸣矣，于彼高岗。（《卷阿》）

天命玄鸟，降而生商。（《玄鸟》）

今天我们讲的《鸳鸯》，是《小雅》中的一篇——

鸳鸯于飞，毕之罗之。
君子万年，福禄宜之。

鸳鸯在梁，戢其左翼。
君子万年，宜其遐福。

乘马在厩，摧之秣之。
君子万年，福禄艾之。

乘马在厩，秣之摧之。
君子万年，福禄绥之。

——《小雅·鸳鸯》

鸳鸯是爱情的象征

鸳鸯是我国著名的观赏类鸟，鸳指雄鸟，鸯指雌鸟。雌雄异色，雄鸟嘴红色，雌鸟嘴黑色。雄鸟羽毛色彩鲜艳华美，头上有艳丽的羽冠，翅上有一对栗黄色的扇形直立羽，像帆一样立于后背；雌鸟头和整个上体灰褐色，眼周白色，其后连续一细长的白色眉纹。

因为人们见到的鸳鸯几乎都是出双入对的，所以古人视鸳鸯为“匹鸟”，鸳鸯被看成是爱情的象征，经常出现在古代神话传说和文学作品中，出现在新婚夫妇使用的物品上，如枕套、被套、手套、背心等上面。

《鸳鸯》这首诗，是借鸳鸯起兴，祝福新婚的。

“鸳鸯于飞，毕之罗之”，鸳鸯双双自由飞翔在空中，用小毕大罗去捕获。“毕”是有长柄的捕鸟小网，“罗”是无柄的捕鸟大网。

“君子万年，福禄宜之”，君子长命百岁，安享福禄。这里“宜”是什么意思？是安享。

“鸳鸯在梁，戢其左翼”，鸳鸯相偎在鱼梁

上，喙插进左翅膀里。“梁”是筑在水中拦鱼的石坝，即鱼梁；千万不要理解成房梁，以为是燕子筑巢的房梁。戢（jí），插，指鸳鸯休息时将喙插在左翅里。

鸳鸯的这种休息方式很有意思：它们反方向站立或躺卧，将喙插入左翅后，身子形成相互依偎之势，两只右眼可以相互凝望。大家可以想象，在春暖花开的时候，在阳光照耀的沙滩上，一对鸳鸯在那里小憩，那是多么恬静的幸福啊！杜甫曾有“沙暖睡鸳鸯”的名句，正是这种幸福的传递。

“鸳鸯在梁，戢其左翼”这句诗一直为人所称道，不仅是描述细腻，形神毕现，更是因为捕捉到了鸳鸯这种幸福恬静的生活方式，以此来类比婚姻生活的幸福。用前面我们学过的《女曰鸡鸣》中的句子来形容，就是“莫不静好”。

“君子万年，宜其遐福”，君子长命百岁，安享永远的福禄。

以上两章以鸳鸯起兴，以鸳鸯出双入对、恬美静好的幸福生活起兴，来象喻、祝福新婚夫妇恬美静好的幸福生活，这是千百年来读《诗经》的人相同的理解。但对“毕之罗之”的理解却有着很大的不同，古人多认为，以小毕大罗捕捉鸳鸯是指要网住像鸳鸯一样的幸福；今人有的认为是以小毕大罗的捕捉来反衬鸳鸯追求幸福的坚定。哪一种理解更有意思？

当然是前一种理解更有意思。后一种理解是受了斗争哲学的影响。其实，细读全篇，主旨是很统一的喜庆与幸福，没有杂音；同时，鸳鸯的状貌与习性本身，也是一种暖性逼人、温情浓郁的传递，哪有反抗与斗争的元素？古人认为鸳鸯是"匹鸟"，除了鸳鸯出双入对之外，还有一个重要原因就是它们的这种暖性逼人、温情浓郁的状貌与习性带给人的直觉感受。其实，大多数鸟都是成双结队出入的，只有鸳鸯被誉为"匹鸟"，恐怕就是这种直抵人心的"静好"的原因吧。

我们接着看后两章。

"乘马在厩，摧之秣之"，四匹公马在马棚，要好好去喂养。乘（shèng），四匹马拉的车子。这里的"乘"是指四匹公马，古代风俗，迎亲由公马驾车。摧（cuò）与秣都是喂马，但又有区别。"摧"通"莝"，铡草喂马；秣是用粮食喂马。

"君子万年，福禄艾之"，君子长命百岁，长养福禄。艾（yì），养。

第四章与第三章是重章，基本意思相同。最后一句"福禄绥（suí）之"的"绥"，可理解为安享。

《桃夭》和《鸳鸯》的起兴形式最大的差异是什么

我们知道，“兴”是《诗经》最重要的表现手法之一。《桃夭》和《鸳鸯》的起兴，在形式上最大的差异是什么？

桃之夭夭，灼灼其华。
之子于归，宜其室家。

桃之夭夭，有蕡其实。
之子于归，宜其家室。

桃之夭夭，其叶蓁蓁。
之子于归，宜其家人。

——《周南·桃夭》

《桃夭》全部三章都是以“桃夭”起兴，而《鸳鸯》全部四章的兴是不统一的，前两章以鸳鸯起兴，后两章以秣马（迎亲）起兴。

《桃夭》三章起兴的统一，在三章的反复咏

唱中，借“桃之夭夭”，依次呈现出“灼灼其华”“有蕡其实”“其叶蓁蓁”，来咏叹“之子”之美、之家共构而成“之子”之家庭幸福，将那种对家的美好期盼表现得实实在在又浪漫温馨。

《鸳鸯》前两章以鸳鸯起兴，祝福新婚君子获得像鸳鸯一样恬美静好的幸福生活；后两章以秣马起兴，祝福新婚君子能长养恬美静好的幸福生活。前后起兴的不同，对新婚君子的祝福也从期待“获得”幸福变为期待“长养”幸福，这样就有了层递性，祝福的喜庆与热烈程度也随之递增。

《鸳鸯》起兴的这种层递性，递增祝福的喜庆与热烈程度，也是“雅”乐的特征决定的。在“《诗经》概说一”中我们讲到，“雅”是周王朝宫廷宴享或朝会时使用的乐歌。这首《鸳鸯》是贵族公子婚庆典礼上的祝福乐歌，既是祝福的乐歌，自然就要尽可能增强喜庆与热烈元素。

由此可以进一步思考前面我们讲到的艺术必然性问题。它尽管多数情况是由语言形式表现出来的，如前面我们讲到的《子衿》的重章问题，这里讲到的起兴问题，雅乐的形式问题，而实际上是艺术作为艺术的追求问题。要想达到艺术的高度，就必须追求艺术的最佳表达形式，甚至唯一的表达方式。我们将在以后进一步解析。

请再读一遍《鸳鸯》，看一看哪一句贯穿了诗作始终。为什么？

我们可以看到，贯穿诗作始终的句子是“君子万年”。这一句子每章重复一次，既在内容上强调了君子永享年寿、永享福乐，也在气氛上增强了宴乐的热烈、喜庆。

在我们已学过的十多首诗中，哪两首诗有两句诗贯穿始终？为什么？

《木瓜》和《桃夭》都有两句诗贯穿始终。

《木瓜》是“匪报也，永以为好也”；《桃夭》是“桃之夭夭”和“之子于归”。

《木瓜》中的“匪报也，永以为好也”的反复咏唱，一否定（“匪报也”），一肯定（“永以为好也”），特别是在否定与肯定时都使用了语气词“也”，强化了否定与肯定的对比性，就更加突出了作者的期待与呼唤——期待与呼唤人们用更大的心力、更丰沛的情感、更丰厚的资源去回报社会，回报“投我以木桃”的人与事。这样的话，这个社会上的人们将“永以为好”，社会将永远和谐安定。

《桃夭》中“桃之夭夭”和“之子于归”的反复，是“先言他物”与“所咏之词”的连动性反复咏叹，强化的是“女有归”这一实实在在的幸福生活。

最后，我们再回到《鸳鸯》这首诗。四言，

再加上四章的重章叠句，很容易使诗歌变得呆滞。大家再读一遍，想一想，作者为化解呆滞采取了什么措施？

作者为化解呆滞，尽量使诗歌在变化中发展。一是我们前面讲了，在起兴上前两章与后两章不同；二是即使相同意思的词，也努力使其有变化，如第三章说“摧之秣之”，第四章说“秣之摧之”，略微调整，亦有动态之美。

《氓》
痴情女子负心郎

《氓》写了一个痴情女子负心郎的故事

《氓》是《诗经·卫风》中一首较长的叙事诗。全诗六章，每章十句。这里节选其中的三节。

在读这三节前，我们先了解一下这首诗的大概。一句话说，就是写一个痴情女子负心郎的故事：少女被一个男子所追求而成婚，尽管守贫持家，三年如一日，但因男子负心而被休弃。第一章，叙述初恋而私订终身；第二章，叙述期盼成婚的痴情及与氓结婚的过程；第三章，叙述悔恨与告诫；第四章，叙述氓的负心；第五章，叙述家庭生活的不幸；第六章，表明了断的决心。

下面我们依次来看第一章、第三章和第六章。

氓之蚩蚩，抱布贸丝。
匪来贸丝，来即我谋。
送子涉淇，至于顿丘。
匪我愆期，子无良媒。
将子无怒，秋以为期。

这是第一章。

“氓之蚩蚩，抱布贸丝。”男子笑嘻嘻，抱着布来换丝。氓（méng），本义是从外地来的民，泛指民，百姓。古时“氓”也写作“萌”，“萌”就是懵懵无知的样子。氓作流氓（máng）是后起义。蚩（chī）蚩：通“嗤嗤”，笑嘻嘻的样子。

“匪来贸丝，来即我谋。”男子其实不是来换丝的，是来和我商量婚事的。请注意，这说明氓和“我”早已见过面了，恐怕偷偷地见过多次，总不至于见一两次就谈婚论嫁吧。

“送子涉淇，至于顿丘。”送你一起过了淇水，一直送到顿丘。

“匪我愆期，子无良媒。”不是我有意拖延婚期，是你没有找到好的媒人。愆（qiān）：过失，过错，这里指拖延。从这一句可以看出，男孩子来商量赶快办婚事，被“我”拒绝，原因是他自己来，不是媒人来。可以想象，他俩之前是有约定的，“我”是有要求的，至少要明媒正娶吧。

结果今天男孩子自己来了。说不准抱的那捆布就是聘礼呢。

“将子无怒，秋以为期。”请你不要生气，把时间推到秋天吧。将（qiāng）：请。《周礼》规定：“仲春之月，令会男女。于斯时也，奔者不禁。若无故而不用令者罚之。”即在春暖花开的仲春二月，青年男女到野外相会，可以私奔。但如果不是“仲春之月”私奔，是要受到处罚的。现在应当早过了“仲春之月”，否则他俩是可以私奔的。但现在不行，所以氓生气了。“我”就安慰他，秋天吧，你把该做的准备都做好，当然包括请“良媒”啊。

从“氓之蚩蚩”和“将子无怒”两句，读出了氓一种怎样的特征？

“蚩蚩”说明氓高兴而来，“怒”说明氓气愤而归。

高兴而来本没有什么，但因为“无良媒”而失“礼”。在古代社会，“礼”与“法”往往等同。《仪礼》规定：“下达，纳采，用雁。”“下达”就是要有媒人。显然，氓是无礼无法之人。

气愤而归，似有一点道理，肯定是俩人先有约定，“我”竟然失约，要推延婚事，让氓一下子接受不了而气愤。但稍冷静一点就能明白并理解：“我”的失约与推延是遵礼守法的表现，也是“我”的一种自我保护，更是对婚姻大事的尊重。因此，从氓的“怒”中可以看到，他是一个缺失理性的人，是一个对婚姻缺少尊重的人。这样的人往往容易见异思迁，成为轻薄子，成为负心郎。

有求而来笑嘻嘻，无功而返怒冲冲。氓的这种表现，证明他是一个非常自我的人。

我们再看第三章。

桑之未落，其叶沃若。
于嗟鸠兮，无食桑葚！
于嗟女兮，无与士耽！
士之耽兮，犹可说也。
女之耽兮，不可说也。

“桑之未落，其叶沃若。”桑葚子还没落，桑叶长得很茂盛。沃若，茂盛而有光泽的样子。

“于嗟鸠兮，无食桑葚！”斑鸠啊斑鸠，可千万别吃那桑葚！传说中，斑鸠吃多了桑葚会醉，有危险。所以，桑葚虽又甜又酸味道好，还是千万别多吃。显然，这是以斑鸠食桑葚作比，比喻那些沉迷男女之情的女子，向她们发出忠告。

“于嗟女兮，无与士耽！”姑娘啊姑娘，不要迷醉那男人。耽，沉醉。

“士之耽兮，犹可说也。”男人迷醉，说甩

掉马上就甩掉。说，通“脱”，摆脱。

“女之耽兮，不可说也。”女人迷醉，甩也甩不掉。

第三章是“我”对自己这场恋爱与婚姻的追悔，也是对所有女子的告诫。男女之情是令人沉醉的，但当你沉醉其中时，就失去了判断力，没有了理性。而社会是理性的，有一种不平等的理性与逻辑，尤其是男女，是那样的不平等——“士之耽兮，犹可说也。女之耽兮，不可说也”。

这首诗大约写在三千年前，大家细细想一想，它有多了不起？单说男与女之“可说”与“不可说”，就让我觉得它太了不起了！

在讲《木瓜》与《女曰鸡鸣》时，我们讲到过“报”的可能与难能。这里要补充说，“难能”的原因，很重要的一点是社会有一种男女不平等的理性与逻辑，而这种理性与逻辑又源于男权社会是以男权为核心构建的。也正是这样，中外文化中，女性的边缘化甚至作为附庸的地位基本一致。“匪报也，永以为好也”和“知子之来之，杂佩以赠之。知子之顺之，杂佩以问之。知子之好之，杂佩以报之”，之所以几千年来令人感怀、感动，是因为打破了男性心中那似乎是与生俱来的男女不平等的桎梏，而不再有男女之别，只有一视同“人”。

但，绝大多数情况是，女性是边缘化的甚至只是附庸，所以她就总是“不可说”的。一切都只能自个儿扛着。这就是“士之耽兮，犹可说也。女之耽兮，不可说也”的了不起，它揭示了社会本质——男女不平等。

元稹的故事是“士之耽兮，犹可说也”的现世注脚

晚《氓》一千多年的唐代，写过“曾经沧海难为水，除却巫山不是云”这等名句的才子元稹的故事，最可作为“士之耽兮，犹可说也。女之耽兮，不可说也”的现世注脚。

三十岁时，在妻子韦氏重病之际，元稹出差途中与大他十一岁的才女薛涛情意绵密，但回到长安后即将薛涛抛至脑后。薛涛此后脱下心爱的红袍可看作一种“说”，但她换上的道袍终是一种“不可说”吧。传说中用浣花溪的水、水芙蓉的皮、芙蓉花的汁制作的薛涛笺，竟是专门为与元稹书信往来的发明。而元稹的“可说”的生活还在继续。韦氏亡故两年后，也就是吟出“曾经沧海难为水，除却巫山不是云”两年后，元稹

纳表妹安仙嫔为妾，七年后为攀龙附凤，又娶名门之女裴淑为妻。后来元稹任越州刺史时，不但与薛涛忽发旧情，还与浙东名妓刘采春亦有瓜葛纠结。而此时，他的继妻裴淑为他照顾着三个孩子。裴淑约于元稹去世后两年也离开人世。我一直在想，元稹二十一岁时写作的《莺莺传》，就是他为自己制作的生活指南吧。

当然，今天与古代社会有了很大的区别。但我要说，“士之耽兮，犹可说也。女之耽兮，不可说也”的情状没有根本的改变。执念于情，信仰于情，是现代人的理想与追求。但在男权社会男女不平等的本质没有改变之前，明人陈继儒《小窗幽记》中的这句话也许对大家都有启示意义：“情最难久，故多情人必至寡情；性自有常，故任性人终不失性。”

“于嗟鸠兮，无食桑葚”这两句，从写作方法上看也是“兴”。但与其他如《关雎》《蒹葭》等诗比较就能发现，此处的“兴”与其他作品的“兴”在位置上有区别。为什么？

《诗经》中，一般作品“兴”都是起句，并且有起有结，重章叠句。但《氓》中的“于嗟鸠兮，无食桑葚”却是放在一章中间，既不是起句，又没有重章叠句，也没有呼应的结句。这说明“兴”这种写法，在《诗经》时代也有了变体。而有变体，就是有灵活性。灵活性就是一种突破。

为什么在这里有突破？这就要结合诗歌情思来说。《氓》写到这里，抒情主人公“我”久压心中的悔恨如泉水自喷，任何限制与修饰都是对它的损害。因此，用“兴”之实而破“兴”之形，就更有文学自足性了。

我们再读第六章——

及尔偕老，老使我怨。
淇则有岸，隰则有泮。
总角之宴，言笑晏晏。
信誓旦旦，不思其反。
反是不思，亦已焉哉。

这一章是经历了氓的负心及家庭生活的不幸之后的“了断”。

“及尔偕老，老使我怨。”和你一同到老，到老更使我怨！

“淇则有岸，隰则有泮。”看那淇水还有岸，漯河还有边！隰（xí）：低湿的地方，这里其实是“湿”，指漯河。泮（pàn）：通“畔”，边界。这两句是上两句的说明，是以“比”的方式在说明：河都有岸，我的苦也应当有个边。

“总角之宴，言笑晏晏。”结发之时，欢乐无比。

总角，古代男女未成年时把头发扎成丫髻，称总角。宴，快乐。晏晏（yàn）：欢乐、和悦的样子。这两句的言下之意是，想一想，当年“我”是多么无知，相信了你的甜言蜜语。

“信誓旦旦，不思其反。”你的誓言还在耳边，没有想到你这么快就违背了它。旦旦，诚恳的样子。思，料想。

“反是不思，亦已焉哉。”他违背誓言的事不去想它了，算了罢，就算自个倒霉吧。

怎样面对不幸的婚姻

怎样面对不幸的婚姻？主要有两种方式：凑合或了断。多数人选择了凑合，《氓》中的“我”选择了了断。

每次读到《氓》，都会为这个“我”而感动。她是一个敢于“耽”情的女子，但也是一个敢于“绝”情的女子。“耽”情是因为爱，“绝”情是因为恨。敢爱敢恨，是真女子！是真人！

从《氓》中的“我”，到《古诗为焦仲卿妻作》中的刘兰芝，再到《红楼梦》中的林黛玉，这一色的绝情，越到后来越是悲恸人间。

当然，这一色的绝情也是自有分别的。氓之妻的绝情是因了男人的负心，刘兰芝的绝情是因了家长的逼迫，林黛玉的绝情是因了人世的骗局。

我在读这些经典时常常想，中国几千年，文化的高贵性是有这女性一色的绝情元素的。这一脉的绝情犹如一盏点燃了几千年的长明灯，照见了多少人世的污浊与黑暗！

我们应当感谢这些诗人、作家，是他们为我们的文化点亮了这盏永不熄灭的高贵之灯！兰洁芝灵，黛青玉碧，人间精魂！

“痴情女子负心郎”，这在今天好像是陈腐之词。但我认为，只要男权社会的本质不变，这“多情女子负心郎”就会永远新鲜如初，中外如一。

《将仲子》

爱情与逾墙

讲到这里，已讲了十多篇涉及爱情、婚姻、家庭的诗，到《将仲子》，我想告一段落。后面我们要涉及其他方面的内容了。

既然是告一段落，那就设一个小小的碑界，借《将仲子》讲一讲“爱情与逾墙”的话题。

“逾墙”有哪三个核心点

请注意，“逾墙”有三个核心点：一、一定要进入；二、不能从门里进，只能翻墙；三、不能声张，只能偷偷地进。

莎士比亚的《罗密欧与朱丽叶》是这样写“逾

杞

墙”的——

朱丽叶：告诉我，你怎么会到这儿来？为什么到这儿来？花园的墙这么高，是不易爬上来的；要是我家里人瞧见了你在这儿，他们一定不让你活命。

罗密欧：我借着爱的轻翼飞过园墙，因为砖石的墙垣是不能把爱情阻隔的；爱的力量所能够做到的事，它都会冒险尝试，所以我不怕你家里人的干涉。

…………

朱丽叶：谁叫你找到这儿来的？

罗密欧：爱情怂恿我探听出这一个地方；他替我出主意，我借给他眼睛。我不会操舟驾舵，可是倘使你在辽远的海滨，我也会冒着风波寻访你这颗珍宝。

大家看，是不是有三个核心点？罗密欧是一定要进入朱丽叶的房间的；罗密欧是不能从门里进去的，只能翻墙进去；罗密欧翻墙进到朱丽叶的房间是不能被别人发现的。

好，我们对照读一读《将仲子》——

将仲子兮，无逾我里，无折我树杞。岂敢爱之？畏我父母。仲可怀也，父母之言，亦可畏也。

将仲子兮，无逾我墙，无折我树桑。岂敢爱之？畏我诸兄。仲可怀也，诸兄之言，亦可畏也。

将仲子兮，无逾我园，无折我树檀。岂敢爱之？畏人之多言。仲可怀也，人之多言，亦可畏也。

这三个核心点在哪里？

仲子是一定要进入姑娘“我”的房间的；仲子进入姑娘“我”的房间是要翻三道墙的；仲子翻墙进入姑娘“我”的房间是不能被人发现的。

比较《罗密欧与朱丽叶》与《将仲子》写“逾墙”，发现真的是非常相似；只是《将仲子》对“墙”的叙述更集中一些，“墙”更清晰更多些。

《将仲子》中叙述了哪些墙

好，我们就来看看《将仲子》中叙述了哪些墙。

“将仲子兮，无逾我里”，这里有没有墙？有。古时五户为一邻，五邻为一里，里有里墙，也就是二十五户人家有一个大大的围墙，叫里墙。这个仲子，也就是排行老二的小伙子，要见到姑娘，要翻越的第一道墙就是里墙。这个“将”读qiāng，是请的意思。这两句就是说：请那个小二啊，不要翻过我们的里墙。

“将仲子兮，无逾我墙”，这里也有墙，是姑娘家自家的院墙。这是小二要翻的第二道墙。

“将仲子兮,无逾我园”,这里还有墙,是园墙。这是姑娘住的后花园墙,是小二要翻的第三道墙。

但大家想一想，是不是只有这三道墙?

对，有形的是这三道，无形的呢？如果按照里墙、院墙、园墙的顺序，你觉得无形的墙是哪三道?

我们发现其他几堵墙，它们依次是“人之多言”“诸兄之言”“父母之言”。

并且，这里重复了一个“言”词。这个“言”是什么？当然可以指人们说的话。那么指人们说的什么话呢?

这又要回到诗中出现的“里”“院”“园”来了。刚才我们讲，五户为一邻，五邻为一里，里有里墙。这是《周礼》的规定。并且，《周礼》还规定：“二十五家为社，各树其土所宜之木。”什么是“所宜之木”？杞（柳）为里之所宜，桑为院之所宜，檀为园之所宜。所以这首诗在重章时，里杞（柳）相随，墙桑相随，园檀相随。这样的相随，不只是为了诗歌的押韵，还根据事情本来的面貌着笔，有人化自然之理。就是说，这里的里杞（柳）、墙桑、园檀，其实都是礼的形制，已成了人们自觉遵守的文化形态。诗歌所写，仲子逾里折杞（柳）、逾墙折桑、逾墙折檀，其实都是逾礼行为。

据此，我们可以推出大家所“言”是什么了。

首先谈论的可能是男女婚嫁应当遵守的各种礼防。如《礼记·坊记》所言，“百世不得通婚”，“取妻不取同姓，以厚别也，故买妾不知其姓，则卜之”。根据这一条，我们可以去猜测，这个小二是不是同姓？如果是，这个恋爱是违反礼法的。再如《仪礼·士昏礼》所言：“下达，纳采，用雁。”根据这一条，我们可以肯定地说，这个小二没有媒人说媒（“下达”），没有彩礼（“纳采”），更没有用雁作聘礼（“用雁”）。小二肯定违反礼法啦。

然后谈论的一定是触犯礼法之后应遭受的处罚，这礼法实际上就具有法的效应。

所以，姑娘“我”非常害怕，诗中三次反复了“言”“亦可畏”——“父母之言，亦可畏也”，“诸兄之言，亦可畏也”，“人之多言，亦可畏也”。这正是姑娘“我”的真实心理。

那么，人们所言到底有多“可畏”？

人们所“言”可能是不许再谈情说爱了！这就是最坏的结果；可能还有对小二甚至姑娘“我”的身体伤害，如杖刑等。

爱情，到底要“逾墙”多少次才可以抵达

至此，我们就可以追问：爱情，到底要“逾墙”多少次才可以抵达？

第一次：应遵守的礼数，用《将仲子》里的比喻就是“里杞（柳）”“墙桑”和“园檀”。你能满足吗？满足了，算“逾墙”了。你不能满足吗？但你可以不在乎，也是“逾墙”了。如《仪礼》规定的“下达，纳采，用雁”，你能满足吗？你可以不在乎吗？可以不在乎，也是“逾墙”了。

第二次：那些亲朋好友们挑剔的眼光。你能满足吗？你可以不在乎吗？你不能满足，但可以不在乎，也是“逾墙”了。

第三次：父母。父母可能是一道更高的墙。如果父母不能答应你的婚事，你有什么办法能坚持到底？如果不能，可能一场轰轰烈烈的恋爱就此终结！

这就引出了一个大难题——当你必须在情人与亲人之间做出选择时，你怎么办？

这在中外都有过让人们深长思之的异常沉重的故事。

我们先看《左传》记载的发生在郑国的故事。

祭仲专，郑伯患之，使其婿雍纠杀之。将享诸郊。雍姬知之，谓其母曰："父与夫孰亲？"其母曰："人尽夫也，父一而已，胡可比也？"遂告祭仲曰："雍氏舍其室而将享子于郊，吾惑之，以告。"祭仲杀雍纠。

公元前697年，郑伯忌惮祭仲专权，就派祭仲的女婿雍纠去杀他。雍纠的妻子雍姬，也就是祭仲的女儿，知道这件事后就问她母亲："父亲与丈夫哪一个更亲？"母亲说："人尽夫也，父一而已，胡可比也？"——"其他的男子都可能成为你的丈夫，父亲却只有一个，丈夫怎么能够与父亲相比呢？"雍姬就把这事告诉了父亲祭仲，祭仲就把雍纠给杀了。

无独有偶，大约产生于公元前8世纪的希腊神话也演绎了类似的故事。

国王大流士怀疑音塔普列涅司谋反，就逮捕了音氏全家。在音氏夫人的苦苦哀求下，大流士答应她选择一个亲人留下不杀。出乎国王意料的是，音氏选择了自己的兄弟。她告诉国王的理由是：如果老天怜爱我，我还可以有另一个丈夫，我还可以有另一些子女；但我的父母都已去世，如果不选择我的兄弟，我就不可能再有一个兄弟了。

我们比较一下就能发现，无论是雍母“人尽夫也，父一而已”之论，还是音氏选择兄弟留下之行，这中外故事中，都是将血缘的唯一性放在了最重要的位置。

几千年过去了，人类的选择在今天是否发生了变化？这种两难的选择是不是人类永远无法真正破解的难题？

这些年一道游戏题也很流行，就是在父母、爱人、兄弟、朋友、子女、邻居这一群体中，你必须从中一个一个选择舍弃，最后只留下一人，你选择谁留下？这个游戏的答案自然有许多种，选择爱人留下的理由也值得我们去深思：只有爱人才是与自己共度一生的伴侣！

但是我说，最后无论是选择亲人，还是选择爱人，事实上这都是无法原谅自己的选择，是令自己的灵魂一生都不得安宁的选择。

《将仲子》没有做出最后的选择，但它揭示了“可怀”与“可畏”的矛盾，让我们相隔几千年与诗人一起沉思：我们如何抵达爱情？

除了上面三次“逾墙”，还需不需要第四次、第五次、第六次，以至第N次“逾墙”？

没有了礼数这堵墙，如今天；没有亲朋好友们挑剔的目光，如今天的独生子，哪有“诸兄之言”？没有了父母的反对，如今天多数父母都对子女恋爱婚姻持“不干涉”态度，前面三堵墙都没有了，你自己心里是否还有“各种标准”？如身高、地域、学历、存款、房产，等等，只要你在乎，任何一点都可以成为阻隔你抵达爱情的高墙！

说到地域，恐怕更是一堵难以“逾越”的高耸的“城墙”。如城乡之别，如大城小城之别；如国家之别，如东方西方之别……现在的城乡之别似乎小了一点，但回望四十年前，几乎没有城里人娶乡下姑娘。嫁到城里的乡下姑娘，无论她的“条件”多优越，她的郎君或者是在城里实在娶不上媳妇的人，或者是丧偶之人。这哪里有爱情栖身之处？

一种什么力量在控制我们

这种种分别背后，是一种什么力量在控制？

对，可以说是一种文化力量，或者说是一种文化逻辑在控制。人都生活在自己的文化之中，生活在自己的文化逻辑之中。你认为爱情就是“这样”，这个“这样”就是你的爱情文化逻辑；他认为爱情就是“那样”，这个“那样”就是他的爱情文化逻辑。正是在不同的文化逻辑的控制下，我们做出了这种或那种选择，也就形成了自己的“爱情之‘言’”。

你，最后实际上是被这种“爱情之‘言’”控制的。换句话说，你实际上是被“爱情语言”控制的。

这就引出了另一个大问题：语言如何控制我们的？这在以后还会有所涉及，这里只就“爱情语言”的控制略做分析。

现代科学虽然还不能打开语言的黑匣子，但人们已经知道语言是人的生理或心理现象，语言是存在的家。在这个“家”中，人用语言表达，更被语言表达。人在被语言表达时，他说出生之领会与活之经验，显现出如黄河源头般的生命之源的天地恩赐。人在这样的表达中，就真正进入到语言原初的形态中，游历于天地之间，逍遥于天府之中，以本真之心贯通万物，既在万物之中，又在万物之表，与宇宙融为一体。人在这样的存在中被语境化、动态化和生成化，人最终成为人。

爱情是人之为人的一个重要方面，它是人作为人挺立天地间的本质力量之一。换句话说，爱情是人类之家中最重要的成员之一，缺少了爱情这个成员，人类之家一定是残缺的，是不堪的。

这也是古今中外伟大作品都一定是伟大的爱情传奇的重要原因，这也是中国文学源头《诗经》三百多首诗中有近八十首涉及婚恋的重要原因，这也是《诗经》以《关雎》开篇的重要原因，这也是我们的《诗经》选读先讲这么多爱情诗的重要原因。

当爱情作为生命的本质力量为人类所认知并用语言表达时，人就被这种“爱情语言”所控制。今天的“爱情语言”与《诗经》时代的“爱情语言”有很大不同，但内核或者说根本问题没有变——那就是如何“逾墙”而抵达爱情的幸福家园。

在我看来，今天要抵达爱情的幸福家园，需要“逾墙”的次数远远多于《诗经》时代！因为今天人类普遍陷落到了物质之城且不自醒，而爱情是人类极其珍贵的几朵最美的精神花朵之一朵，只在灵魂的圣殿中绚烂。

《芣苢》

求子祭神的乐歌

芣苢是什么

大家知道芣苢（fú yǐ）是什么吗？就是车前草。

车前草，学名平车前，又名蛤蟆叶、蛤蟆衣。车前草是一种中药，有利尿、清热、明目、祛痰的作用。刚长出的嫩苗可以食用，现在农家乐里还用作养生蔬菜。

我们知道，《诗经》里写的植物有一百三十七种，其中草木四十三种，蔬菜三十八种，谷物二十四种，药物十七种，花果十五种。

这首《芣苢》中，车前草是作为药物叙写的。不过，不是作为一般可利尿、清热、明目、祛痰的药物看待，而是带着一种生殖崇拜与信仰去

芣苢
卷耳

歌咏。先民们认为车前草籽可以治妇女不孕和难产症。

这首诗主要是描述女子采车前草的过程。

采采芣苢，薄言采之。
采采芣苢，薄言有之。

采采芣苢，薄言掇之。
采采芣苢，薄言捋之。

采采芣苢，薄言袺之。
采采芣苢，薄言襭之。

——《周南·芣苢》

这首诗三章十二句，每章两字不同，共六字不同。

我们先看看这六个不同的字：采、有；掇、捋；袺、襭。

第一章“采”“有”，是总的叙述，来采车前草，采到了。

第二章“掇”“捋”，是描述采的具体动作，先把车前草整个摘拾起来，然后再用手把籽撸下来。捋（luō），顺着茎滑动撸取。

第三章“袺”“襭”，是描述怎样把采好的

车前草用衣襟兜起来。袺(jié),手提衣襟盛放东西。襭（xié），用衣襟兜东西。

六个不同的字有什么作用

第一，它突出了采芣苢的完整过程，从采到，到怎么采，再到怎样用衣襟将采到的籽儿兜起来，非常清晰。

第二，强化了歌者（或者说诗人）对芣苢能治病的信念。

这一点大家可能不完全明白，但事实上确是如此。古时，人们对自然的依赖程度非常高，在人们的心中，人所有的一切都是自然赐予的，如《易经·系辞下》所称："天地之大德曰生。"因此，人们对天地万物都有一种敬畏与崇拜，"万物有灵"观念深入人心。

《诗经》三百余首诗，写到动植物二百七十三种，其中动物一百三十六种（鸟四十三，兽四十，虫三十七，鱼十六），植物一百三十七种（蔬菜三十八，谷物二十四，药物十七，花果十五，草木四十三）。

我们可以稍稍回忆一下自己阅读的现代诗文，

如果是一本三百篇左右的诗文著作，其中写到动植物的篇章一定是非常少的，即使写到还可能有的是作为宠物出现的。为什么？因为现代人的生活与自然万物的直接联系越来越少了，有的人甚至一年都晒不到两次太阳，淋不到一次雨，听不到一声真实的鸟叫，看不到一只真实的野生动物，甚至连每天吃的大米和小麦都不知是长在水田还是旱地。

但古人不，他们每天都得真真切切地与自然打交道，他们的生老病死都与自然息息相关。所以，采集药用植物，并对这些植物的药用神性充满渴求与真诚的感激，用虔诚之心去歌咏这些植物，就变成了古人的一种生活方式。

因此，读这样的诗，我们是要进入对古人这种生活方式的感觉与理解之中，才可能真正读出一些“原汁原味”。

为什么有六个“采采”

《芣苢》很有意思，只有六个不同的字，“采采”一词却先后出现了六次。为什么？

要回答为什么，当然先要看“采采”在这里

是什么意思了。

有人说，就是“采啊采”。“采采芣苢”就是“采芣苢啊采芣苢”。

有人说，是“形形色色，各种各样”。“采采芣苢”就是“形形色色的芣苢”。

有人说，是“灿然”，是“粲粲”。“采采芣苢”就是“粲然明亮的芣苢”。

你觉得哪种说法更有意味？为什么？你还有新的解释吗？

如果是第一种解释，那么第一章前三句都是说：采芣苢啊采芣苢。这不仅感觉上重复太多了，而且与《诗经》时代的整体用语习惯不是很相符。整部《诗经》中，叠词没有动词，只有拟声词、形容词，如“关关雎鸠”的“关关”，“蒹葭苍苍”“蒹葭萋萋”“蒹葭采采”中的“苍苍”“萋萋”“采采”，“桃之夭夭”“灼灼其华”中的“夭夭”“灼灼”，“青青子衿”“悠悠我心”中的“青青”“悠悠”，等等。

第二种、第三种都是将“采采”做形容词看，并且也避免了第一章前三句的重复，但感觉上第三种解释更有意味。“形形色色”是述芣苢种类多，“灿然”“粲粲”是状芣苢色彩亮。若从歌者对芣苢药用神性的渴求与感激角度来看，似乎讲芣苢灿然明亮的色彩更有表现力，它让我们仿佛看到了歌者明亮的眼光中投射出来的芣苢灿然明亮的色彩，是那样动人心魂，慑人心魄。而这与诗歌表现的主旨也是一致的。

那么有没有第四种解释了呢？

我们还记得“蒹葭采采”中“采采”的意思吗？它是用来形容蒹葭繁密的样子。这里是不是也可以用来形容芣苢籽繁密的样子呢？我觉得也是可以的。

先民认为车前草籽可以治妇女不孕和难产症。为什么？主要是看到车前草生命力强，路边马圈，随处都可以生长；同时，先民们也发现，车前草每株都结着非常繁密的籽！将这两点综合起来，将“采采”解释为“结籽繁密的样子”，似乎更符合歌者对生殖的崇拜与信仰心理了；并且，这样的话，也与“薄言捋之”呼应了。

如果做这种理解，那“采采芣苢”就可译为“结籽繁密的芣苢”了。

我们可以想一想，当歌者带着这样的理解歌唱六遍“采采芣苢”时，他的眼前会不会出现一群群孩子的形象呢？

我以为，这种理解更符合先民们对芣苢的生殖崇拜与信仰。因此，“采采芣苢”也就有了“比”的意味，而不只是一般意义的“赋”了。

这样，我们就可以进一步讨论第三章的“薄

言袺之”与“薄言襭之”中，“袺”与“襭”的象喻义了。

前面我们讲到，“袺”是手提衣襟盛放东西的意思，“襭”是用衣襟兜东西的意思。如果我们可以将“采采芣苢”理解为比的话，那“薄言袺之”与“薄言襭之”也就有了象喻义。妇女采掇，将车前草的籽儿放入腹前衣襟中，并将其兜起来，是不是具有受孕、哺育的象征呢？似乎也是说得通的。

求子祭神时的乐歌

由此，我想到了另一个问题：这首诗是人们用于求子祭神时的乐歌呢，还是妇女劳动时唱的歌谣呢？

《毛诗序》说：“和平则妇人乐有子也。”将这首诗看成是妇女们在太平年代对生育的渴求。

闻一多先生则通过自己的想象，将这一渴求变成了生动的画面——“现在请你再把诗读一遍，抓紧那节奏，然后合上眼睛，揣摩那是一个夏天，芣苢都结籽了，满山谷是采芣苢的妇女，满山谷响着歌声。人群中有一个新嫁的少妇，正捻着那希望的珠玑出神，羞涩忽然潮上她的靥辅，一个巧笑，急忙的把它揣在怀里了，然后她的手只是机械似的替她摘，替她往怀里装，她的喉咙只随着大家的歌声喈着歌声——一片不知名的欣慰，没遮拦的狂欢。不过，那边山坳里，你瞧，还有一个佝偻（gōu lóu）的背影。她也许是一个中年的硗（qiāo）确的女性。她在寻求一粒真实的新生的种子，一个祯祥，她在给她的命运寻求救星，因为她急于要取得母亲的资格以稳固她妻的地位。在那每一掇一捋之间，她用尽了全副的腕力和精诚，她的歌声也便在那'掇''捋'两字上，用力地响应着两个顿挫，仿佛这样便可以帮助她摘来一颗真正灵验的种子……她听见山前那群少妇的歌声，像那回在梦中听到的天乐一般，美丽而辽远。"（《匡斋尺牍》）

也有不少论者将这首诗理解为妇女劳动时的歌谣。清人方润玉说："读者试平心静气，涵咏此诗，恍听田家妇女，三三五五，于平原绣野、风和日丽中群歌互答，余音袅袅，若远若近，忽断忽续，不知其情之何以移而神之何以旷。"（《诗经原始》）

我想讨论的是，这首诗是否就是一首求子祭神的乐歌呢？

《诗经》时代，求神祭祀是寻常事。在求神祭礼的仪式中，巫术仪式也是寻常仪式。在巫术仪式上，人们以芣苢为道具，模仿劳动时的场景，边唱边舞。我以为这样的可能性是很大的。这种乐歌可以群唱，也可以独唱。

求子祭神时的乐歌——这是不是《芣苢》的本来面貌呢？

《七月》

祥和、温馨、自由自在的生命节律

《七月》有八章，总共八十八句，是《诗经》中最长的一首，也是内容最丰富、最复杂，争论最多的一首，一般而言也是学习难度最大的一首。但这首诗确实是一首杰作，非常值得大家用心学习。

为了让大家在这短短的一讲中对《七月》有个大概的了解与认知，我选取基本有定论的内容，采用问答形式来讲析，基本上不展开讨论。

《七月》的主要内容是什么

《七月》叙写的是周的发祥地——豳（bīn）

地，西周初期一年四季的劳动情景，涉及衣食住行各个方面，可以看作研究那一时期周代社会的重要文献。

第一章主要写冬天人们的生活，从“授衣”（制作冬衣）→“于耜（sì）”（修理农具）→“举趾”（抬起脚下地）。三个重要的句子是“九月授衣”“三之日于耜”“四之日举趾”（九月制作冬衣；正月修理家具；二月下地春耕）。

第二章主要写春天妇女采桑，“春日载阳，有鸣仓庚。女执懿筐，遵彼微行，爰求柔桑”。意思是说，春天阳光温暖，黄鹂鸟歌唱清丽。姑娘提着深竹筐，沿着那小路向前走，伸手采摘嫩桑叶。

第三章主要写女子纺织，“七月鸣鵙，八月载绩。载玄载黄，我朱孔阳，为公子裳”。“鵙（jú）”就是伯劳鸟。“孔阳”，非常鲜亮的样子。这几句是说：七月伯劳高声鸣叫，八月女子开始纺织。染出布有黑有黄，我染红色很鲜亮，为那公子做衣裳。

第四章主要写男子狩猎，“于貉（hè）”（猎貉）→“取彼狐狸”（取狐）→“私其豵（zòng）”（自己留下小野猪）→“献豜（jiān）”（献给公家大野猪）。

第五章主要写准备过冬事。本章是人气最高

的一章，常为人们所乐道：

五月斯螽动股，六月莎鸡振羽，七月在野，八月在宇，九月在户，十月蟋蟀入我床下。穹窒熏鼠，塞向墐户。嗟我妇子，曰为改岁，入此室处。

这“斯螽（zhōng）”就是蚂蚱；“莎鸡”就是蝈蝈，学名纺织娘；“穹”，通“穷”，穷尽，清除；“窒”，堵塞，指陈年垃圾、杂物等；“向”，朝北的窗户；“墐”，用泥涂抹门户缝隙。

我试译一下：

五月蚂蚱腿振响，六月蝈蝈抖翅膀。七月蟋蟀野地欢，八月屋檐底下唱。九月躲进门房里，十月到我床铺下面藏。打扫垃圾熏那老鼠，封好北窗泥好那门户。叫来我妻子儿女，好好迎接那新年，赶紧住进这新修整的屋。

第六章主要写采摘与食用瓜果：

六月食郁及薁，七月亨葵及菽，八月剥枣，十月获稻，为此春酒，以介眉寿。七月食瓜，八月断壶，九月叔苴，采荼薪樗，食我农夫。

第七章主要写收藏与修缮。“九月筑场圃，

十月纳禾稼。”这两句很有名。九月修筑打谷场，十月把庄稼收进仓。

第八章主要写祝寿。“跻彼公堂，称彼兕觥，万寿无疆。”这就是那个著名的成语“万寿无疆”的出处。这几句说：登上公堂，举起那牛角酒杯，齐声高祝寿无疆。

《七月》的写作顺序是怎样的

《七月》主要是按时间顺序展开的，但有一定的交叉。

一、两种记时方法：夏历和周历。

夏历一般认为是夏代创立的，与我们今天的农历相当，至今已有四千多年历史了。“七月流火，九月授衣。” 这里的“七月”“九月”就是夏历记时。“七月”在公历的八至九月，“九月”在公历的十至十一月。依此类推，全诗中所有这类的表达都是夏历记时，如“五月斯螽动股，六月莎鸡振羽，七月在野，八月在宇，九月在户，十月蟋蟀入我床下”中的“五月”“六月”“七月”“八月”“九月”“十月”。夏历记时在《七月》中是四月至十月。

夏历是原来全国通用的，周历主要是周代以后才使用的。周历比夏历早两个月，以每年的十一月为岁首。《七月》第一章中“一之日觱发（bì bō），二之日栗烈”“三之日于耜，四之日举趾”，就是周历记时。这里的“一之日”就是周历的一月，夏历的十一月；“二之日”就是周历的二月，夏历的十二月；“三之日”就是周历的三月，夏历的正月；“四之日”就是周历的四月，夏历的二月。《七月》中所有的“一之日”之类的记时，都是周历记时。

先秦经典中，周历与夏历的使用有很大的不同，《春秋》和《孟子》多用周历；《楚辞》和《吕氏春秋》用夏历；《诗经》要看具体情况，如《小雅·四月》用夏历，这首《豳风·七月》是夏历和周历并用。

二、两种记时法交叉运用。

总体上看，《七月》是以周历记时为大顺序、以夏历记时为小顺序的。

看第一章开头：“七月流火，九月授衣。一之日觱发，二之日栗烈。”

再看第八章收束：“九月肃霜，十月涤场。朋酒斯飨，曰杀羔羊。跻彼公堂，称彼兕觥，万寿无疆。”

尽管首尾两章以“九月”呼应，但因为首章

的“一之日觱发”是周历的岁首描述，而尾章的“朋酒斯飨，曰杀羔羊。跻彼公堂，称彼兕觥，万寿无疆”是辞旧迎新的具体描述，这样就是完整的周历一周年的叙写：从一月到一月，从冬季至冬季。

这样的时间顺序，是符合作为周的发祥地——豳地人的心理的。这是他们对自己文化的自信。这可与《春秋》和《孟子》多用周历参照看。孔子是周文化的拥趸，所以他说“郁郁乎文哉！吾从周”，他作《春秋》用周历就在情理当中。孟子以孔子的传人自任，《孟子》一书用周历也不难理解。

《七月》这样交叉又有主次的大小顺序的时间安排，也很符合周朝建立不久的影响力情况吧。

《七月》全诗表现怎样的情感倾向

一开始我讲到，《七月》是《诗经》争论最多的一首，其情感倾向则是争论的核心。

我以为，《七月》就是一首真实的农事诗，非常真实、非常鲜活地记录了先民们的劳动生活。它真实地呈现了周代人依据自然的节律，与自然和谐相处的基本方式。人们对此有着质朴的爱恋之情。

诗歌一上来说："七月流火，九月授衣。"大火星已偏西向下行很远了，天慢慢冷下来，要赶快制作冬衣了。接下来马上描述了冬天的寒冷："一之日觱发，二之日栗烈。"它说十一月大风碰触到东西上发出又冷又硬的觱发声，十二月大风就更是凛冽逼人了。因此，再下面就顺理成章地发出了这样的追问："无衣无褐，何以卒岁？"没有冬衣，怎么能度过寒冬呢？"三之日于耜，四之日举趾。"一月正好在家没有什么大事，就修整农具吧，它可是生活的重要工具啊。到了二月，就可以也应当下地劳动了，要耕地了！

从这开头的几句中，我们即能感知到，豳地人的那种自觉与自得，那种自处与自然。他们知道什么时候要干什么事，他们知道什么时候干什么事是一种必然。所以，第一章最后写到了"田畯至喜"，就是说管理土地的官员把饭送到了田头地边。田畯就是田官，"喜"就是饭食。为什么给耕者送饭？据《周礼》，每年开春要举行籍田大礼，祭礼田神，"至喜"是大礼的礼数之一。

在完全靠天吃饭的时代，对天的敬畏，对万物的信仰，是人们的普遍心理。《周礼》将这种普遍心理制作成一种文化仪式，变成了一种文化自觉。而这正是那个年代人与自然相处的“安妥心灵”的一种方式。这也应当是《周礼》专门制作《月令》的一个重要原因。

《月令》是什么意思？就是按照时月，依时而动。所以古人有“十二管”“十二衣”“十二食”之说，也就是“声”“色”“味”全依时而动。

有可能的话，大家自己再细究一下《七月》的后七章，你会发现这种“依时而动”是贯穿全篇的。

我想特别强调的是，这种依时而动的生活方式，在中国延续几千年，或者说，中国古代文明基本上是一种依时而动的农耕文明。它的深处有着我们中华文明对自然的亲近、热爱与依恋。而这也正是中华文明深植于中华大地的最本原的力量，也正是中华文明能够几千年生生不息的最大原动力。

《七月》中写到的动、植物有何作用

《七月》中写到的动物（鸟、虫等）、植物（桑、枣等）与之前讲到的《关雎》《鸳鸯》《蒹葭》《木瓜》中的动植物的作用有何不同呢？

《关雎》《鸳鸯》《蒹葭》《木瓜》这些诗中，动植物的作用是起兴兼比喻，具有象喻性。

《七月》这首诗中写到的动植物有的是环境描写，有的是人事叙写。

像春天来临时，写“春日载阳，有鸣仓庚”，渲染春的祥和与温馨。

像初夏来临时，写“四月秀葽，五月鸣蜩”。“秀葽”就是苦菜开花，“葽”是苦菜。“蜩”就是蝉。野花在初夏的阳光下开放，知了在初夏的绿树间长鸣。让人们感觉到，天地间的一切都在以自己的方式自由自在地生活。

像“五月斯螽动股，六月莎鸡振羽，七月在野，八月在宇，九月在户，十月蟋蟀入我床下”，更是将我们带到那种应时而舞的生命节律之中。

将这些描写贯穿起来，我们发现，它就是那样一种祥和、温馨、自由自在的生命节律。这不正是我们人类所追求的生命节律吗？

我们再看看作为人事叙述的动植物吧。

上一讲我们讲到《芣苢》，有人认为是劳动时的歌谣，我认为是求子祭神的乐歌。如果是前者，芣苢就是与《七月》中的许多动植物一样是作为人事来叙述。当我把芣苢讲成是一种“比”时，它就与《关雎》《鸳鸯》《蒹葭》《木瓜》这些篇目中的植物一样了。它们并不是作者真正要描写的对象，作者笔在此意却在彼。

但《七月》中的那些作为人事的组成部分的许多动植物，确实是作者作为人事直接描叙的对象，作者的笔在此，意也在此。像“一之日于貉，取彼狐狸”“言私其豵，献豣于公”中的“貉”“狐”“豵”“豣”，就是猎获的成果；再像“八月剥枣，十月获稻”中的“枣”“稻”，就是播种的收获。诗人对收获这样的劳动果实充满着喜悦与感激。

如果将《七月》这首诗中写到的动植物做一个统观，无论是环境描写，还是人事叙写，我们都可以将它们归于上一个问题之中来解释的，那就是：它们都是周代人依据自然的节律，与自然和谐相处的基本构成元素。

《诗经》概说二

文学《诗经》与经学《诗经》

在第九讲《〈诗经〉概说一——周代社会的“百科全书”》中，我们主要讲了两个大问题，即“《诗经》的来历”和“《诗经》的内容”。这第十八讲我们也讲两个大问题，即“《诗经》的艺术”和“《诗经》的影响”。

《诗经》的艺术

一、《诗经》是以四言为主的“四言诗”。

我们知道，中国古代诗歌体裁按每句字数多少分，有四言、五言、七言和杂言。《诗经》是以四言为主的四言诗。

《诗经》共有七千二百八十四句，其中四言句六千五百八十四句，占总数的90.4%；非四言句七百句，占总数的9.6%。四言整齐度最高的是《小雅》，其次是《大雅》《颂》，最后是《风》。以四言为主，有二言到八言不等的句子参差其间，是《风》的句式特征。《风》还有约十首可称为“杂言诗”。并且，同样是四言，《风》使用虚词也远多于《雅》与《颂》。

在《诗经》之前，就有一些古歌谣，如《击壤歌》《卿云歌》。这些歌谣也是以四言为主。《诗经》之后，四言诗写到东晋的陶渊明之后，基本上不再有上乘之作了。《诗经》是四言诗的高峰，曹操是文人四言诗作者的高峰，陶渊明是余绪。

《诗经》为什么选择四言？

因为四言成声为节，自然真纯，简洁厚朴。这正与《诗经》时代人们的生活相吻，因此成为那个时代表达生活的基本的也是最重要的语言艺术形式。同时，因为合乐而需要重章，需要反复咏叹，特别是雅与颂，更需要凭借一种整齐的节律上的反复咏叹，彰明仪容雅正、情感肃穆的乐舞精神，实现人与人相谐、人与神相通的化人乐天的目的，四言就成为《诗经》的必然选择。

二、赋比兴是《诗经》的基本表现手法。

何为赋比兴？

朱熹的解释广为人们所接受。他说:“赋者,敷也,敷陈其事而直言之者也。”“敷”在这里就是铺,就是铺排。就是说,赋是直接铺陈叙述,不拐弯。赋是《诗经》中最基本的表现手法,不过一首诗中往往是比兴兼用。而像《七月》从开篇“七月流火,九月授衣。一之日觱发,二之日栗烈”,至结尾“朋酒斯飨,曰杀羔羊。跻彼公堂,称彼兕觥,万寿无疆”,八章八十八句,全部用赋的手法直陈,也是极少的。

“比”呢,朱熹说:“比者,以彼物比此物也。”也就是比喻、象喻之意。“比”在《诗经》中运用非常广泛,多数诗篇中都有比,并且极富变化。有的是一句之中比,有的是一章之中比,有的是全篇比。但像《硕人》,在一章之中连用多个比喻的现象也不多见:以“柔荑”喻美人之手,以“凝脂”喻美人之肤,以“瓠犀”喻美人之齿,以“螓”喻美人之额,以“蛾”喻美人之眉。说到《硕人》,我们还可以清楚地看到赋与比的综合运用:第一章是赋,第二章前四句是比,后两句是赋,第三章、第四章是赋。

“兴”的解释虽最多,争论也一直都有,但朱熹的解释也还是最为人们所接受的。他说:“兴者,先言他物以引起所咏之词也。”这在前面我们已讲过多次,不再重复了。这里我们介绍一下《诗经》中“兴”的三种方式。

第一，起兴（有人称之为“连兴”），即“他物”与“所咏之词”不构成比喻。像我们后面将要讲到的《采薇》，每章的“先言他物”——“采薇采薇”与“所咏之词”之间没有隐喻关系。这种纯起兴的“兴”在《诗经》中极少，在十首之内。

第二，喻兴，即“他物”与“所咏之词”构成比喻关系。这是《诗经》“兴”的主要方式，有人统计《诗经》中有一百零七首使用这种方式。像我们讲过的《关雎》《蒹葭》《木瓜》等，都是这一类。

第三，赋兴（有人称之为“隐兴”），即“他物”与“所咏之词”构成隐喻关系，表面看像赋，实际上是兴。像这样的也极少，有人统计只有两首。

三、风雅颂赋比兴合称为“六义”。

《毛诗序》中说：“诗有六义焉：一曰风，二曰赋，三曰比，四曰兴，五曰雅，六曰颂。”唐代的孔颖达在《毛诗正义》中做了解释：“风雅颂者，诗篇之异体。赋比兴者，诗文之异辞耳。大小不同而得并为六义者，赋比兴是诗之所用，风雅颂是诗之成形。用彼三事，成此三事，是故同称为‘义’。”就是说，风雅颂是三种不同的体裁，赋比兴是三种不同的表现手法。用赋比兴三种手法做成风雅颂三种诗歌，因此将“风雅颂赋比兴”合称为“六义”。

《诗经》的影响

一、作为文学的《诗经》。

我们今天学《诗经》，更多的时候是作为文学的《诗经》来学的。所以我们说，《诗经》是我国的第一部诗歌总集，是我们文学的第一大源头。还有一个大的源头是《楚辞》。有人将这两个源头与黄河、长江类比。黄河、长江是我们民族的母亲河，《诗经》与《楚辞》是我们民族文学的母体。这种类比是很有意思的。

《诗经》作为文学的源头，它的影响几千年不绝，直至永远。

前面我们讲到“四言”诗，《诗经》是高峰。到汉代后，五言兴盛，再后面有七言、有词、有曲。但后代的所有的诗歌体式，其实都是以四言为基础发展起来的，四言是所有诗体语言的基本。

至于赋比兴的三种表现手法，则更是后代所有诗文的基本表现手法。而由“比”与“兴”两种方法共构而成的象征，则成为古代诗文最重要的表现手法。

我们先看一看出现在战国时期的《离骚》。王逸说《离骚》“善鸟香草以配忠贞，恶禽臭物以比谗佞”，说屈原之后“名儒博达之士，著造辞赋，莫不拟则其仪表，祖式其模范，取其要妙，窃其华藻”。（《楚辞章句·离骚经序》）王逸这里所说的“仪表”“模范”主要是指《离骚》的象征之法——“善鸟香草以配忠贞，恶禽臭物以比谗佞”，寄情于物，托物以讽。此后的中国诗人没有不将象征作为最基本的手法的。也正因为此，举凡常见的物象，都被诗人们赋予了某种特定的象征义。以李白为例，他诗作中的“月”“酒”“山”“水”“鸟”“花”“笛”“云”“雨”“船”“猿”“青溪”“白发”……几乎都有某种象征义。

诗如此，文亦如此。孔子从水的流逝看到了时间的流逝，所以说，“逝者如斯夫！不舍昼夜”；孟子从江水的源源不断看到了“本”的重要，所以说，“君子之志于道也，不成章不达”（君子立志于道德修养，没有一步一步的积累就不能进入通达的境界）；庄子看到了大海的无穷无尽，所以说，“吾非至于子之门，则殆矣。吾长见笑于大方之家”（我不到大海边看看就危险了。那我就会长久地被有见识的人讥笑了）。这里，孔子、孟子、庄子都是以水为象，借水喻理。这种借物象喻理，在诸子散文中已相当普遍，庄子尤为突出，在他笔下几乎没有不可用来作喻的物象。后代散文在借物象喻方面多有发展，形成了“托物言志”的专门一途。

同样，在小说、戏曲这些叙事性文体中，象征手法也得到广泛运用。小说《西游记》《三国演义》《红楼梦》、杂剧《窦娥冤》都有很大的象征成分。汤显祖的《牡丹亭》更是象征的杰作，剧中主人公杜丽娘为情而死又为情而生即是情对理的胜利的象征。

二、作为经学的《诗经》。

刚才我讲到，今天学《诗经》，更多的时候是作为文学的《诗经》来学的。但我以为，我们也应当了解、认识古代中国多数情况下是从经学的角度来接受、阐释并应用《诗经》的。

要讲这个问题，我们先要对经学略有认识。

经学原本是指阐述各家学说要义的学问，但汉代独尊儒术后，经学变成了特指，特指阐明儒家经典的学问。因为儒学自汉代后基本是国家学术，所以经学也基本上是古代学术的主体。

所谓儒家经典，核心是指十三经，亦即《周易》《尚书》《诗经》《周礼》《仪礼》《礼记》《春秋左传》《春秋公羊传》《春秋谷梁传》《论语》《孝经》《尔雅》《孟子》。

汉代为“五经”：《诗经》《尚书》《礼记》《周易》《春秋》；唐代主要为“九经”：《周易》《尚书》《诗经》《周礼》《仪礼》《礼记》《左传》《公羊传》《谷梁传》；晚唐文宗时期是“十二经”：《周易》《尚书》《诗经》《周礼》《仪礼》《礼记》《左传》《公羊传》《谷梁传》《论语》《孝经》《尔雅》。宋代“十三经”在十二经基础上增《孟子》。

作为经学的《诗经》的意义，大体在孔子的诗论范围。孔子说：“小子，何莫学夫诗？诗可以兴，可以观，可以群，可以怨；迩之事父，远之事君；多识于鸟兽草木之名。”这一名言在前面我们讲过多次，这里不再重复。从《毛诗》，到东汉郑玄《毛诗笺》，再到唐代孔颖达的《毛诗正义》（共 40 卷。唐太宗诏孔颖达、王德昭、齐威等著《五经正义》，贞观十六年成书，是当时由政府颁布的官书，《毛诗正义》是五种之一），再到朱熹的《诗集传》，后代解诗虽多有发明，但都离孔子不远，将《诗经》作为“礼乐文化”的典范来阐释。

自隋代开始一直延续到清代的科举考试中，《诗经》一直是“明经”科的重要内容。这样，科举考试推动了《诗经》的普及与研究，《诗经》的普及与研究又反过来影响着科举考试。这种互为影响的关系，使《诗经》的经学意义得到最大限度的彰显。

我们看一道唐德宗贞元十八年（公元802年）策明经问，第五道《毛诗》题：

> 列国斯众，何限于十四？陈诗固多，岂止于三百？颂编《鲁颂》，奚异于《商》《周》？风有《王风》，何殊于《鄘》《卫》？

这道试题所涉及范围很广，涉及十五国风来源、孔子“删诗”说以及《颂》与《风》分类等，需要考生全面审视、阐述。

三、作为诗教的《诗经》。

这一点也可以归并到上面“作为经学的《诗经》”里面，但为了突出它的重要性，就将它独立出来。

“诗教”是儒家借《诗经》阐发的有关民众教化和诗歌创作与欣赏的系列理论。前者在前面已经讲述，后者主要包括“诗言志”“思无邪”“美刺”“比兴”“温柔敦厚”等。“比兴”我们在前面已做了讲解，其他几个概念我们将在后面的课程中逐步讲解。这里只对“诗言志”做一点说明。

“诗言志”最早见于《尚书·尧典》：“诗言志，歌永言。”

朱自清在《诗言志辨》中则细分了“诗言志”的几个方面：

一是献诗陈志，即“王使公卿献诗以陈其志”。

二是赋诗言志，即在公共场合引用《诗》句来表达自己的观点。

三是教诗明志，如孔子所说：“诗可以兴，可以观，可以群，可以怨；迩之事父，远之事君；多识于鸟兽草木之名。”

四是作诗言志，这应该是战国及以后时代的事情了，这时诗人开始真正歌咏自己的心志。如《楚辞·悲回风》中说，“介眇志之所惑兮，窃赋诗之所明”（怀抱高远的志向，不为人所理解，就私下里赋诗来明志）；再如汉代的庄忌《哀时命篇》中说，“志憾恨而不逞兮，杼中情而属诗”（不能实现志向，怀抱遗恨，就写诗来抒发内心的情感）。

古人对“诗”的理解还有一个大的方面——“诗缘情”。自屈、宋之后，诗“抒中情”的地方越来越多，因此《诗大序》对“诗言志”的意义做了引申，换言“吟咏情性”。至晋代，陆机在《文赋》中提出了“诗缘情而绮靡”的口号。此后，“诗缘情”与“诗言志”或此起彼伏，或互为推进，或你中有我，或我中有你。清人袁枚则“情”“志”难分了——“来札所讲‘诗言志’三字，历举李、杜、放翁之志，是矣。然或不可太拘。诗人有终身之志，有一日之志，有诗外之志，有事外之志，有偶然兴到、流连光景、即事成诗之志……”（《再答李少鹤书》）

关于“诗言志”，我想用日本当代著名美学家今道友信的话作为一个小小的总结。

今道友信在《东方的美学》中通过对孔子关于《诗》的言论及教育行为的考察，得出了这样的结论：“孔子已经预感到诗的形象和象征性的语言的升腾的力量，预感到这种语言的飞翔的能力，已经感到只有使用这种语言才能使人的精神超越现象事物的限界，才能超越概念上的思考方法的平庸水准，知道了只有这种语言才能使人的精神和立足于概念的世界的彼岸相接触。”“对孔子来说，诗艺术是走向存在的精神上的超越的第一阶段，它可以突破伦理学的限界把精神引向更高的地方。”

中国古代的教育，事实上都把诗摆在重要的位置。也因为这样，中国便成了诗的国度。

《东山》

命运的悬置

悬置是没有确切定位的生命状态

《东山》是《豳风》中的一首，被许多人视为《诗经》中最抒情的诗。我们一起读一读，看看是不是很抒情。不过这首诗较长，我们先读前面四句。

我徂东山，慆慆不归；
我来自东，零雨其濛。

徂（cú），往。慆慆，滔滔，本指大水奔流的样子，这里指时间像水一样流去。

这四句是说：我往东山去，时间不再回；我自东山回，细雨濛濛下。

这首诗共四章，这四句是一字不易的重章，重复了四次。在这样的重复中，我们能感觉到两组矛盾：往与来的矛盾，去与归的矛盾。往去了，不归来！这是对时间一去不返的痛惜，对东去西归两手空空的悲泣，那不断滴落的濛濛细雨就是悲泣之泪。

当我们将第一章五六句再放入，就变成了——

我徂东山，慆慆不归；
我来自东，零雨其濛。
我东曰归，我心西悲。

大家感觉到了吗？这里在讲，无论我东去还是东归，时间永不归，心灵永西悲。这种东归西悲的时空转换，将歌者置于永远游移的、没有确切定位的生命状态中，这实际上就是生命的悬置状态。

当一个生命被悬置，没有着落，没有确切的信息让他确认自我，这个生命其实就是处于空无之中的。在这样的空无之中，人就会惶惑，就会无助，终日惴惴不安，这是人类痛苦的一个源头。

我们可以设想一下，当我们的生命处于空无状态时，是不是事实上就不存在了？没有存在感，就会如丧家之犬。

平常当我们说“无聊”时，当我们说“没意思”时，其实就是感觉到了生命的某种空无。于是，我们就要去找一些“有聊”的事，让生命的日子“有意思”。

怎样给空无的生命刻满印记

《东山》这位杰出的歌者，当他感觉到生命空无所有的时候，他便试图用回忆的方式填满自己的生命坐标，让两个坐标轴都刻满生命的印记。

第一章刻上了什么？

制彼裳衣，勿士行枚。
蜎蜎者蠋，烝在桑野；
敦彼独宿，亦在车下。

第一章先写了歌者（征人）久戍得归：缝一件普通的衣裳，不用再衔枚行走了。接着又想起征战时的情景，就像山上的野蚕在野外的桑树上休息，常常是独自缩成一团在车下睡眠。

这第一章刻下的主要是歌者三年征战不得其所的生命状态。

第二章呢？刻下了这些——

果蠃之实，亦施于宇；
伊威在室，蟏蛸在户；
町畽鹿场，熠燿宵行。

这第二章主要写的是什么？

果赢结满藤，一直蔓延至屋檐下。地虱在室内的角落里爬，蜘蛛网挂满了门户。屋场变成了野鹿场，夜间萤火虫闪闪亮。

这主要是歌者在西归的途中想象的家园破败情景，它刻下了歌者对“家”的想象，但请注意，这是一个破败空无的家！

第三章呢？刻下了这些——

鹳鸣于垤，妇叹于室。
洒扫穹窒，我征聿至。
有敦瓜苦，烝在栗薪。
自我不见，于今三年！

第三章主要是想象妻子思念自己，为自己回归做准备：白鹳在小土堆鸣叫，妻子在屋里叹气。清理满屋的陈年垃圾，盼我早早回来。那么多的苦瓜，一根一根都长在苦菜上。言下之意是，苦瓜本来就苦，竟还长在苦菜上面。

它刻下了一种更虚无的想象，因为上一章出现的家已是一个破败空无的家！

最后一章刻下了——

> 仓庚于飞，熠燿其羽；
> 之子于归，皇驳其马。
> 亲结其缡，九十其仪。
> 其新孔嘉，其旧如之何？

春日黄莺飞翔，它的翅羽闪闪发亮。姑娘出嫁时，是那黄白相间的公马迎亲。母亲为女儿结佩巾，婚礼礼仪多到数不清。新婚时多么美好，久别重逢会怎么样啊？

第四章回忆新婚情景，猜想重逢的种种情境。

读到这第四章，是不是想起了《边城》？《边城》的结尾写道：

> 到了冬天，那个圮坍了的白塔，又重新修好了。可是那个在月下唱歌，使翠翠在睡梦里为歌声把灵魂轻轻浮起的年轻人，还不曾回到茶峒来。
>
> 这个人也许永远不回来了，也许“明天”回来！

沈从文将傩送的归来设为一个“现实困境”，

或者说是一个“现实悬置”。只要傩送一天不回，翠翠就永远在空无中；于读者而言，这个故事就永远在空无中。

读到《东山》第四章让我想起《边城》，一是觉得两者都试图化解被悬置的“现实困境”，而事实上越化解悬置越被高高地悬置，更找不到生命的落脚点，其安静的惊恐、无声的恐怖从心灵的深处缓缓地缓缓地碾压而来……二是觉得《诗经》的源头意义又一次与现代经典对接了。人们都说乐府诗《十五从军行》是《东山》的升级版，看看它的开头与结尾：“十五从军征，八十始得归”，“出门东向看，泪落沾我衣”。我个人觉得《十五从军行》肯定是《东山》改编，但是很蹩脚的改编，主要是落得太实了。而《边城》的结尾绝对是《东山》结尾的升级版，是真正将冷兵器时代升级为现代信息时代了，有着多种解读的可能，但在每个读者那里最终又只有一种可能——被悬置，这也就是古今的精彩对接。

你选择哪一种“伤情”

读完四章，是否对这首诗抒发的情感有更多

的感受？

是征人的伤情？完全可以这样来读。

“制彼裳衣，勿士行枚。”脱下军装，穿上普通的衣服，不再衔枚而行，多么让人激动！这也反衬了对征人生活的厌恶。再回想征战时的情景，就像山上的野蚕在野外的桑树上休息，常常是独自缩成一团在车下睡眠，更是心有余悸。之后想象家园的破败、妻子的思念、重逢的莫测，是伤痛、牵挂、担忧等诸种悲情围困的心境流露。

如果将这些与四章开头反复咏叹的“我徂东山，慆慆不归；我来自东，零雨其濛”融合起来，“我东曰归，我心西悲”的“悲情”就真的是久久萦绕而不去了。

确实，这是一首反战诗！是对战争的诅咒！

是归人的伤情？似乎也可以这样读。

首先，征人归来，应当是归人之列，不用赘言。所以，征人归来的伤情，也是归人伤情之一种吧。

其次，《东山》表面看是写征人归来，深层表现的却是普通人的归来。

为什么这样说？

他带回了征人可带回的东西吗？他胜利了，胜利的旗帜呢？他荣誉了，荣誉的证书呢？他失败了，失败的悲鸣与承担呢？

在这个归来的征人身上，我们看不到胜利、

荣誉、失败这些与征人联系最紧密的特征，也就是说看到的不是征人的回归，而是人的回归。什么意思？他放弃了征人的“征”字，回归为一个普通人，这不是普通人的回归吗？

当征人作为一个普通人归来，他却失去了普通人的基本生活条件，家不见了，新娘不见了，至少歌者没有让读者见到。歌者是从无数的经验中得知，真实的情境是见不到的。因此，只在结尾处留下一丝空想、幻想、可能存在的想象。

因此，我说，这是归人的伤情。他归而不得归：作为征人之归，他因为失去了征人的特征而不得归于征人（想一想无数退伍者的荣耀即可知）；作为普通人之归，他因为失去了普通人的基本的生活条件（至少在想象中是这样）而不得归于普通人。

这种归而不得归的苦痛，也就是前面讲到的一个人被悬置的苦痛，是不是这位归人心灵最深的伤痛？我说是的。无论你是谁，当你想归而不得归、无处归、无可归时，你就被命运悬置了！如果你是一个有知识有觉解的人，你一定会感觉生命的大悲苦，一定会用心唱出这种大悲苦，于是就一定有《东山》这样的诗篇诞生。如果你是一个无知识无觉解的人，你根本就不会被归与不归的问题缠绕，就不会有越缠越紧、越绕越密的那种生命被缚住、灵魂被啮噬的疼痛。不会有真正的那种“生命意义”上的悲苦，自然不可能唱出《东山》这类的生命悲歌来。

还有可能是一种怎样的伤情？

在读《诗经》时，我常常有一种感觉，这些诗歌不是在家里的书桌上写得出来的，那是在水边，在树下，在山头，在田间，在祭场，在朝阳沐浴下，在星空笼盖中……产生的杰作！人本来就是自然的杰作！当人回归到自然中，融通到自然中，人与自然就融为一体了。所以，《诗经》歌咏的关雎、蒹葭、桃夭、汉广、鸳鸯、月出、七月、东山、玄鸟……无不在表达着人与自然最本质的联系；所以，无论你从哪个角度读，从文学的角度读，从经学的角度读，从文化的角度读，从古人的立场读，从现代人的立场读，《诗经》都会带给我们深长的启示，因为人类永远挣脱不了作为自然之子的本质属性。

那么，在《东山》这篇杰作中，我们能感受得到这种自然之子的伤情吗？

人是自然之子；自然没有穷尽，而人却只有短暂的一百年。并且，“人生不满百，常怀千岁忧”。

也就是说，时间，是“时间”这个词，让人类感觉到了最大的困惑。

回到《东山》中，“我徂东山，慆慆不归”，是不是表达时间的阻隔与由此形成的生命悲伤？“我来自东，零雨其濛”，是不是过去一片迷蒙？未来亦是一片迷蒙？“自我不见，于今三年”，是不是时间在歌者的焦虑中一天一天地流逝，无可奈何地流逝？这是“一日三月”“一日三秋”“一日三年”的折磨？“其新孔嘉，其旧如之何”，是不是企盼如新却旧不可知？是不是在新的无可能与旧的亦无可能中将时间的空无变成了生命的空无？

从这个角度看，我愿意将《东山》读作生命之歌，读作一个对生命有着高度觉醒的歌者高唱的一首时间之歌。就算我能归来，那也不是纯粹的归来，只是一种表象的归来。生命，其实都是“似曾相识”之中的“燕归来”。只要是对生命、对时间有觉解的人，都会处在“我东曰归，我心西悲”的忧伤之中。

《采薇》

谁的战争

《采薇》和《东山》，一般都被视为征战诗，《采薇》更有名。但在我的阅读中，觉得这两首诗不相伯仲，都精彩至极。

上一讲我们讲了《东山》。我讲的是命运的悬置，由征人之伤，讲到归人之伤，最后讲到自然之子的时间之伤。我觉得仅仅把《东山》作为一首普通的征战诗读，是浪费了。它是一种更宏大的言说。其实，《诗经》许多篇章都是如此，人们常把它们看“小”了。比如我们前面讲过的《木瓜》《蒹葭》《将仲子》《汉广》《七月》，都具有人类终极之问的意义。正是在这个意义上，我常常将《诗经》作为现代哲学来读。

现代人在追问人类命运、宇宙秩序，走到穷途末路之时，往往会回到古人的怀抱。这也是“人穷则反本”的一种表现。我们读书，读到一定的时候，就回到原典，回到源头，回到《诗》《书》《礼》《乐》《易》，到了《易经》就没书读了。孔子也是把《易》作为最后的读书堡垒去攻破的。

《采薇》在说什么

《采薇》是不是一篇很宏大的言说呢？我们一起读一读——

采薇采薇，薇亦作止。
曰归曰归，岁亦莫止。
靡室靡家，玁狁之故。
不遑启居，玁狁之故。

采薇采薇，薇亦柔止。
曰归曰归，心亦忧止。
忧心烈烈，载饥载渴。
我戍未定，靡使归聘。

采薇采薇，薇亦刚止。
曰归曰归，岁亦阳止。

王事靡盬，不遑启处。
忧心孔疚，我行不来！

彼尔维何？维常之华。
彼路斯何？君子之车。
戎车既驾，四牡业业。
岂敢定居？一月三捷。

驾彼四牡，四牡骙骙。
君子所依，小人所腓。
四牡翼翼，象弭鱼服。
岂不日戒？玁狁孔棘！

昔我往矣，杨柳依依。
今我来思，雨雪霏霏。
行道迟迟，载渴载饥。
我心伤悲，莫知我哀！

——《小雅·采薇》

它在说什么？

薇是一种野菜，也叫野豌豆。

这首诗前三章都以“采薇”起兴，三章重章叠句。“薇亦作止”“薇亦柔止”“薇亦刚止”中的“作”“柔”“刚”，依次写出了薇的生长从柔嫩到粗硬，表示时间由春到秋。“岁亦莫止”“心亦忧止”“岁亦阳止”是采薇引出的征人的悲伤与烦忧，“莫”通“暮”，这里指一年到岁暮了；“阳”指小阳春十月，秋天。

这三章反复咏叹的是征人思归不得归的悲伤。但这与《东山》中的思归不得归完全不同：那是不得回归普通人，这是不得启程回家。

为什么不得启程回家？

靡室靡家，玁狁之故。
不遑启居，玁狁之故。

玁狁（xiǎn yǔn），北方少数民族。西周时称玁狁，春秋时称为北狄，秦汉以后称匈奴或胡，唐代称突厥。没有家没有室，都是因为玁狁侵犯的缘故；没有一点休息的时间，都是因为玁狁侵犯的缘故。

为什么不得回家？因为玁狁！因为敌人！因为要把侵扰的敌人赶回去。

忧心烈烈，载饥载渴。
我戍未定，靡使归聘。

聘，探问消息。

还是因为玁狁，弄得我“我”忧心忡忡，忍饥挨饿，到处驻扎，连个信都没有办法带回家：

王事靡盬，不遑启处。
忧心孔疚，我行不来！

还是因为玁狁，战事不能结束，没有一点闲暇休息；尽管内心非常痛苦，也不能回去。

读完这三章，我们清楚地看到，为什么不能回家？就因为玁狁侵犯！

虽然“载饥载渴”“靡使归聘”“不遑启处”“忧心烈烈”“忧心孔疚”，但征人很清楚，打仗还是不能含糊的。我们看——

彼尔维何？维常之华。
彼路斯何？君子之车。
戎车既驾，四牡业业。
岂敢定居？一月三捷。

这一章先是对将军车马的赞美，后是对“一月三捷”的自豪。

驾彼四牡，四牡骙骙。

君子所依，小人所腓。
四牡翼翼，象弭鱼服。
岂不日戒？玁狁孔棘！

这一章夸赞官兵时刻准备着的雄姿：反复夸赞“四牡”，还夸赞了弓箭！

从以上几章不难读出，征人虽然有很大的怨愤，“忧心烈烈”“忧心孔疚”，但他怨愤的是玁狁的侵犯，他知道赶跑敌人是他的责任，是他应有的担当。所以，他对将军，对战车，对战马，对“一日三捷”，对时刻整装待发，都充满自豪。

显然，这与《东山》里的征人截然不同。

《东山》里的征人是归人，是无可归处的归人，他的悲伤是空无所有的悲伤。《采薇》里的征人也是归人，但他是满载而归的归人，是满载着征人的胜利与荣耀而归的人；尽管他也有悲伤，但他是对敌的怨愤，对战争本身并没有否定。

《诗经》中最唯美的悲伤

回到开头提出的问题，《采薇》算不算宏大

言说?

如果诗作只是写到上面所讲的内容，这就是一首优秀的歌颂征人征战沙场、杀敌报国的爱国诗篇。但歌者没有将歌声停留于此，而是继续自己的歌唱，唱出了千古名篇!

昔我往矣，杨柳依依。
今我来思，雨雪霏霏。

一昔一今，一往一来，一杨柳一雨雪，一依依一霏霏，单就这一一对应的关系看，就美妙无比。至少，我们看到了时间往来之美，物候变化之美。如果没有其他任何因素掺入，只有一个单纯的“我”，在这时间与物候的往来变化中，或为主体，让时间与物候成为“我”的一种烘托，或为客体，让“我”成为时间与物候的一种烘托，这就是人与自然，或者说自然与人的完美统一。这样唯美的诗意，是自然对歌者的长久浸润和长养的结果；这样唯美的诗意，是歌者对长久浸润和长养自己的自然的深情回报。

中国文化以“太极”为起点，以“太极生两仪”为基本形态，于是演化出阴阳学说，一切都在“负阴抱阳”的对立统一之中。语言也一样，在这种“负阴抱阳”的对立统一之中，任何言说都有其可对应的言说，语言的对举特性就形成了——天与地、白与黑、明与暗、来与往……这正是汉语言表达、汉语文学表达有别于其他任何语言和文学表达的最根本的一点。而汉语言与汉语文学的这一本质特征，也正是自然本身化育的结果。

我们最早的诗——《诗经》的歌者，还没有自觉地认识到语言表达的这种特征，因此这样的表达并没有呈现出很自觉的追求（真正发现这种特征并自觉地追求，还要等到千余年后的齐梁时代），但已在不少篇什中有了不自觉的呈现，像我们已经讲过的《木瓜》中的“投我”与“报之”、《子衿》中的“不往”与“不来”、《蒹葭》中的“溯洄”与“溯游”、《将仲子》中的“可怀”与“可畏”，都具有这样的特征。大家可以好好琢磨琢磨，这些对举的言说，在诗中有怎样不可替代的作用。

而在《诗经》所有对举中，《采薇》的这四句是最完美的，因而也是最唯美的。我们再想一想，昔往今来，春冬交替，杨柳依依与雨雪霏霏交织，这样的图式反复重现，不就是宇宙的一种存在方式吗？

我读到这里时，常常会长久地闭目，让这种唯美的图式在脑海中反复重现，让自己在这种宇宙律中成为一名高度自觉的过客。

肯定，《采薇》的作者不是这样自觉的过客。因为他将残酷的战争植入到了宇宙的这种唯美的存在方式中。这样，这种唯美就变成了一种悲伤的唯美。

春暖花开，微风拂煦，杨柳依依，真的很美。但歌者却要抛妻别子，奔赴战场，这可能就是生人作死别。因此，美景增添了悲情。

冬寒土冻，朔风入骨，大雪纷飞，人心透凉。但歌者却满心热望，因为九死一生的他马上就要归家，就要与妻儿相拥，这是不幸中的大幸！因此，天寒地冻反衬了心中的热望。

所以，王夫之在《姜斋诗话》中说：“‘昔我往矣，杨柳依依。今我来思，雨雪霏霏。’以乐景写哀，以哀景为乐，一倍增其哀乐。”

王士祯在《香祖笔记》中引李白语说“兴寄深微”，并认为：“后千万世，纵有能言，更从何处着笔耶？”

王夫之说的是它的手法高妙，王士祯说的是它的不可超越。是的，歌者以哀乐相对相成的高妙手法，将汉语那种负阴抱阳的可能达到的高度，变为战争胜利的亲历者表达对战争带给人类自身无限苦痛的复杂心声的现实高度，确实无与伦比。

谁的战争

当然，这种无与伦比，不可能就是这几句诗的孤立存在可成就的，它一定是在前面五章对战争繁复的正面描述的基础上的自然升华。因此，不仅前面一定要有五章，而且最后歌者必然要唱出——

行道迟迟，载渴载饥。
我心伤悲，莫知我哀！

这几句一方面与前面几章传递的悲情呼应，另一方面是前面四句中“我”的具体化——悲苦征人的特写，同时也是前面五章回忆的现实情境——“行道迟迟，载渴载饥”的征人，他的一步一困苦的特写情状与前面的回忆不断对接，构成了整首诗的浑然一体的形貌。最后，在“我心伤悲，莫知我哀”的悲叹中收束，使诗歌上升到人类终极之问——将读者引入“谁的战争”这样的追问之中。我们看到，从“玁狁之故”，到“一月三捷”，再到“我心伤悲”，诗歌情感从对敌人的愤怒，到对胜利的自豪，再到对战争的反思，最后将全诗落在一个“哀”字上，是“我哀”，更是“我们哀”，是“人类之哀”！

战争永远是人类的悲剧，永远是小人物的悲剧。战争最终没有主人！最终没有胜利者！

因此，《诗经》是反战的。《诗经》是借小人物（普通战士）歌唱自己的战争亲历，真实、具体地呈现战争对家园的破坏，对人类生活的破坏，对参战者精神上的极大伤害，从而表达战争的残酷。这与古希腊神话描写战神的王者归来形成极大的反差。

我们常说我们是爱好和平的民族，其实这在《诗经》中就已体现，《东山》与《采薇》就是极好的证明。

《小星》

星相与命运

古人为什么重视天象

提到星相与命运，许多人马上就想起“迷信”二字。不能说这样的联想没有道理，但我要说这里有很深的误会。

明末清初的大学者顾炎武在《日知录》卷三十中说：“三代以上，人人皆知天文。‘七月流火’，农夫之辞也。‘三星在户’，妇人之语也。‘月离于毕’，戍卒之作也。‘龙尾伏辰’，儿童之谣也。后世文人学士，有问之而茫然不知者也。”

这几句话是什么意思？是说：

夏商周时代，每个人都懂得天文。“七月流火”（出自《豳风·七月》，七月时大火星向西偏移）是农民的农时常用语，“三星在户”（出自《唐风·绸缪》，从开着的门户可以看见挂在天边的三星）是妇人思夫的常用语，“月离于毕”（出自《小雅·渐渐之石》，月亮靠近毕星，下雨的征兆）是征人倾诉劳苦的常用语，“龙尾伏辰”（出自《左传》，龙尾星在日月交会时看不见，是十月初一日）是小孩子常唱的童谣。但后代的文人学士被问到这些时，却有茫然不知的人。

从这几句话中，我们至少能大体上感到，在古时，在《诗经》时代，人们是非常重视天文、重视天象、重视星体运动的。

人们为什么如此重视天象？

一是观象授时。

比如大火（“七月流火”中的火星），是古代妇孺皆知的星相。大火在春日黄昏时出现在东方地平线上，好似一团火焰在燃烧。人们关注它，不仅是因为它很亮，也不仅是因为它酷似永不熄灭的火种，更主要是每当黄昏它出现在东方时，春天就来到了。所以有人说：“在三代，它是天空中一朵红色的报春花。”

《尚书·尧典》里有这样的记载，“历象日月星辰，敬授人时”“日中星鸟，以殷仲春”“日永星火，以正仲夏”“宵中星虚，以殷仲秋”“日短星昴，以正仲冬”。

意思是说，尧时根据观测到的日月星辰的运

行规律，来制定历法，教导百姓按时令节气从事农业生产生活。

以昼夜平分的那天为春分，并以朱雀星处在南方正中时作为确定仲春的依据。

以白天最长的那天为夏至，并以火星处在南方正中时作为确定仲夏的依据。

以昼夜时间相等且气温适中为秋分，并以虚星处在南方正中时作为确定仲秋的依据。

以白天最短的那天为冬至，并以昴星处在南方正中时作为确定仲冬的依据。

《尚书》真伪尽管还在争论中，但它所记述的古人观象授时的事情是不假的。

古人重视天象还有一个重要原因，就是观象占卜。

世界各民族早期都有过以占卜来决定重大事件的行事方式。我们已发现的最早的文字甲骨文也叫甲骨卜辞，就是说这些文字是记录占卜的文字。古人占卜的方式很多，其中最重要的方式就是观测天象。所以，在尧时就设有“天官”，来观察天文，推算日历，预卜凶吉。传说司马迁的先祖在夏朝时就是“天官”。

观象占卜是人类在莫测的自然面前，在不可控的命运面前的一种认知世界的方式，既用来解释自然，也用这种解释的自然来解释自己。对这样的解释尽管人们也时常有质疑，但因许多事情质疑者本身也无法解释，所以最终又都将其归于一种不可控的更大的命运之中。也因此，观象占卜一直是我们文化中的一种重要现象。

上面我们从“观象授时”与“观象占卜”两个方面讲了古人重视天象的原因。第一个方面是科学，第二个方面是心灵感应，是人对自然现象的心灵感应，是对天地万物的信仰所带来的精神意愿。这种意愿与实事应验的准确率是百分之五十。前面我说将星相与命运一概斥之为迷信是一种很深的误解，其理正在于此。其实，这里有两层理性我们要承认：一层，占卜之人有一种接受“失败”的理性心理；二层，正确结果百分之五十的可能性，给了人们百分之百去投入勇气与力量的强大推力，生命由此而精彩无比。从一定程度上说，人们进行的许多实验，都有着“观象占卜”的某些特征，如试图确定未来的不确定性就是其中一例。

“小星”象征什么

《诗经》作为我们民族早期的生活表达，观

象授时与观象占卜这两种行为方式，自然就会频繁出现，其中出现有关天象的有五十多首，直接出现星占、天体等的有二十多首。在《诗经》中出现的天象，并不是单纯的世界再现，许多都有隐含的意义，隐含着当时的人们对世界与自我关联的某种理解。如人们观测到参星与商星相隔很远，方向也不同，一个往东，一个向西，一个走南，一个闯北，杜甫的名句“人生不相见，动如参与商”就是这种理解的表达。

《小星》中的“小星”就是这样的现象世界。

> 嘒彼小星，三五在东。肃肃宵征，夙夜在公。寔命不同。
> 嘒彼小星，维参与昴。肃肃宵征，抱衾与裯。寔命不犹。
>
> ——《召南·小星》

参（shēn）即参宿，共有五颗星，其中三颗很亮，所以人们又用三星或三指称参宿；昴（mǎo）即昴宿，共有七颗星，其中五颗最亮，所以人们又称它为五星或七姐妹。

这首诗用今天的话讲就是：

小星闪着一点点微光，三星五星在东边却是那样闪闪发亮。天还没有亮我就急速地出行赶路，从早到晚都为公家忙碌。人与人啊，彼此命运真是大不相同。

小星闪着一点点微光，只有那参宿和昴宿闪闪发亮。天还没有亮我就急速地出行赶路，抛弃那被窝里的温暖。人与人啊，彼此命运真是各不相像。

对这首诗有多种解释，有人认为是写夫人、小妾和诸侯王之间的关系，有人认为是写妓女生活，但多数人认为是写小官员的艰苦。

我以为，要理解这首诗，一定要仔细想一想，什么样的人是需要“肃肃宵征，夙夜在公”的。我们先看“征”字。征在这里就是行，就是赶路。什么人为公家办事时需要天没有亮就急速地赶路？那就是“走卒”。何为“走卒”？就是供人差遣奔走的奴仆。从这个角度说，这首诗写的是“走卒”的艰苦。如果我们把“征”作为行，作为赶路的意思扩展为行动、干活，那这首诗写的人就可指一切为了“公家”而起早摸黑地干活的人。从这个角度说，当然可以是小官员，还可以是其他不能发出像三星五星那样闪亮光芒的所有人。用今天的常用词说，就是“小人物”。是的，“小人物”为了自己的生活，“肃肃宵征，夙夜在公”，这是自古而然的事。今天不也是一样吗？

因此，我觉得这首诗可以说是写小官吏或者说“小人物”的艰苦，但我更觉得这首诗是在写诗人对自我生命的认知。

“嘒彼小星，三五在东”“嘒彼小星，维参与昴”，这是两章重唱，说的是一个意思。小星黯淡，大星闪亮。这是起兴，引出小人物“肃肃宵征，夙夜在公”，大人物不言自明，他们养尊处优，安逸幸福。

如何面对自己的处境呢？“寔命不同”“寔命不犹”，还是两章重唱，说的也是一个意思：人的命运不同，因此，你是小人物的命你就必须“肃肃宵征，夙夜在公”；他是闪亮的大星他就能养尊处优，安逸幸福。

歌者到底是感叹命运的不公，对这种不公满怀怨愤呢，还是就只是说说自己这种劳碌奔波的事实，而没有太多的情感倾向呢？

这需要我们从另一个角度切入，就是古人对命运的信仰。

我们都听说过吕蒙正这句话：“时也，命也，运也，非吾之所能也。”“时”是指生活的环境，或者说生活的时空；“命”是指与生俱来的如性别、秉赋等；“运”是指特有的机遇，与“时”相合，所以“时运”常常连用。吕蒙正是说，时、命、运，不是我能把控的。这也正说明“时”“命”“运”的统一性。

在吕蒙正之前，人们对命运的认识没有这么清晰。至吕蒙正，古人对命运的认识达到了一个高度。既然是“非吾之所能”，那我就安处其中，这是与命运相处的最好方式。否则就会徒增痛苦。《尚书·太甲中》有言，“天作孽，犹可违；人作孽，不可逭（huàn）”，表达的也是这个意思，只是没有吕蒙正的表达那么精微。

我们常讲命运的必然性与性格的必然性，两个必然性是不能等同的，但许多人不明白其差异，常常将两者等同，就增加了自己无限的痛苦。比如现在有的人，总是不愿意做自己能做的事，总是想去做自己不可能做的事，于是就将自己推进了欲望的深渊，痛苦不堪。

我以为，《小星》的歌者对命运是有一定自觉的。

首先，他认识到了自己是一颗“小星”。这个事实我们要弄清楚。天上确实有小星和大星的不同。大星之所以大，就是因为它体积大，亮度高，而且亮的时间长。像我们前面讲过的“子兴视夜，明星有烂”“七月流火”中的启明星与大火星，就是这样的大星。与这些大星相比，小星的光芒确实是黯淡的、幽微的。

其次，他认识到自己“肃肃宵征，夙夜在公”的原因，是自己的命运问题。而对这种命运的确定性认知，是从“小星”那里获得的启示。既然自己就是一颗“小星”，与那些大星在同一个天空下争辉是不可能的，那就珍惜自己发出的黯淡的、幽微的光芒吧。这种珍视自我而不是徒羡他星的自我定位，是“小星”的幸福之源，否则就会永远在怨愤之中不能自醒、自拔。

“星相与命运”为什么能够成为一个话题

这里我绝对不是在维护不公平，我们都知道，人类几千年向前迈进的一种重要推力就是对不公平说“不”的强烈愿望。人类几千年的历史，从一定程度上讲，也是一部不断走向公平的历史。

这里我所讲的，是从《小星》这首诗中获得的基本认知。我以为，长期以来，人们将自己处于弱势的原因完全归结于社会的不公平，这种归咎是掩埋这首诗的本质的层层泥沙。所以，我认为，正视自己的弱势命运，认识哪些是不公平因素，哪些是自身“命”的因素，从而寻找到改变自身命运的真实途径，是这首诗带给读者的最大启示。前面我们讲到过“汉广之知”，这里我们也可以说是“小星之知”。

古人讲“天人对应”，天上有什么，地上就有什么。天有四时，人有四肢；天有五星，人有五脏；天上有帝星，人间有皇帝；岁有三百六十五天，人有三百六十五骨节（其实没有那么多，只有两百多）。民间至今还有谚语：天上一颗星，地上一个人。这就是“星相与命运”能够成为一个话题的原因。西方文化中“星座说”的演绎理路与此也基本相同。

今天人们对“星相与命运”的话题基本上是“游戏”态度。其实，无论东方还是西方，这个话题的背后，是人类对自我命运与意义的确认——人都像星星一样闪光，每一个人都有自己的生命光辉，哪怕一点幽微的光。

这恰恰是“星相与命运”这个话题对人类的最大价值所在，它成了人类强大精神力量的组成元素，具有恒在的精神引领力量。《小星》的意义很大一部分也在于此吧。

《式微》

归家的泥途

什么叫“归”

我们回忆一下，在已学的十多首诗中，有哪几首涉及“归”？

《汉广》：“之子于归，言秣其马。”

《桃夭》：“之子于归，宜其室家。”

《东山》：“我东曰归，我心西悲。”

《采薇》：“曰归曰归，岁亦莫止。”

前两首《汉广》和《桃夭》的“归”是女子出嫁，后两首《东山》和《采薇》的“归”是征夫归家。今天要讲的这首《式微》呢，有很大争议，之后我们再说。

先说女子之“归”。

在周代，在《诗经》时代，女子之“归”有

不同的说法。

女子出嫁一般叫“于归”，“于”是语气助词，有时也叫“归”。为什么叫“归”？表明出嫁之前的女孩是寄养在父母家的，出嫁之后的家才是真正的自己的家，所以叫归。这实际上是男权社会的“嫁夫随夫”的男权的表征。王之妻为后，诸侯之妻为夫人，大夫之妻为孺人，士之妻称妻；妇女无名，以男名为名；妇女无谥，以夫之爵为谥。

女子出嫁一般都要用车马迎亲。所以《汉广》《硕人》《东山》《鸳鸯》中都写到车马。在《诗经》中迎亲车马最壮观的是《召南·鹊巢》：“之子于归，百两御之。”一百辆未必是实数，但一定是一个浩浩荡荡的队伍。

女子出嫁后回娘家省亲叫“归宁”。为什么叫“归宁”？《周礼》对女子回娘家省亲有时间限制、人员限制等多种规定，远嫁他国的女子更因政治等原因很难省亲。一个女子如果在“于归”后能按规定成功省亲，那就能心神安宁。可以说，“归宁”就是“归而后宁”之乐。我们从《诗经》中一些思归亲人的诗作中也可以反证，女子“归宁”在《诗经》时代并不是一件很容易的事，像《周南·葛覃》《邶风·泉水》《鄘风·载驰》《卫风·竹竿》等诗都是写女子远嫁，不得归宁，思念亲人的诗作。

女子出嫁后被休回到娘家叫“大归”。孔颖达《毛诗正义》：“言‘大归’者，不返之辞。”像我们已讲的《卫风·氓》，再像《郑风·遵大路》，里面的女子都是被休回家，都叫“大归”。

再说男子之“归”。

《诗经》中的男子之“归”多为征人归家、故人归国两类。

征战，在《诗经》时代是一种重要现象。西周初年周天子分封很多诸侯国（有的说一千余国，有的说八百余国），但到春秋时代只剩下几十个诸侯国，可见当年诸侯之间相互吞并的战争非常之多。因此，表现征战及征人归家的诗，在《诗经》中有不少。像《小雅·采薇》《豳风·东山》《唐风·鸨羽》《小雅·出车》等都是名篇。

流浪，在《诗经》时代也是一种重要现象。刚才我们讲到诸侯之间的吞并，再加上天灾，士人被困、百姓流离他乡是常态。像《小雅·四月》《小雅·黄鸟》《小雅·我行其野》就是这一类诗中的名篇。

下面我们来看《式微》之“归”——

式微，式微！胡不归？

微君之故，胡为乎中露！

式微，式微！胡不归？
微君之躬，胡为乎泥中！

——《邶风·式微》

《式微》两章，大意是——

天色暗了，天色暗了，为什么还不回家？不是为了君主，为什么还在奔波！

天色暗了，天色暗了，为什么还不回家？不是为了君主，为什么还在泥途中！

式微，幽暗，天要黑了。式，句首语气助词。注意这里的两个“微”字的意思是不同的，后面“微君之故”的“微”是“不”“没有”的意思。露，《鲁诗》作“路”，奔波。这里从《鲁诗》。

《式微》是《诗经》中较短的篇章，并且没有比兴，全用赋，应当说意思很明白。为什么争议很大？主要在这首诗是写谁这一点上有不同的理解。

第一，《毛诗》认为这首诗是写黎侯。北方民族赤狄夺走了黎侯的土地后，黎侯避寓在卫国。《毛诗》说“黎侯寓于卫，其臣劝以归也”，也就是说，黎侯的臣子们劝黎侯复国。这一说法受到后代质疑。清代大学者魏源就认为黎国已灭，无处可归。但如果从积极谋划“复国”这个角度解释，也未尝不可。

第二，刘向《列女传·贞顺》认为是写黎庄夫人。卫侯之女嫁给黎侯，婚后关系不好，从娘家陪嫁过来的傅母劝她回娘家（“大归”），但黎庄夫人不肯，以诗明志。这一说法因没有可靠的证据也广受质疑。

第三，今人的解释，多认为是普通人（小人物）为主人奔波，诗中流露出的是对主人的怨愤之情，与《小星》相似。

《式微》可否表达为“归家的泥途”

还记得前面我们讲过的孔子的话吗？“诗可以兴，可以观，可以群，可以怨。”

对照孔子的诗论看一看就明白了，第一、第二种解释是“观”的一路，第三种解释是“怨”的一路。

我们在第十八讲《〈诗经〉概说二——文学〈诗经〉与经学〈诗经〉》中，讲到“文学《诗经》”“经学《诗经》”与“诗教《诗经》”。对照一下，其实这三种解释都可看作“经学《诗经》”的解诗范畴。

从上面对照中不难发现，这三种解释都没有

将《式微》完全作为文学来读，因为主要不是从诗歌的艺术形象与激发情感、引起联想、想象活动的角度解诗。这其实也是几千年来《诗经》解读方面的最大缺失。

如果从诗歌的艺术形象与激发情感、引起联想、想象活动的角度解诗，那就要如本书开篇所阐述的那样，从两个方面去生发——

第一，读诗人在“诗”这种具有独特形式美的语言艺术的激发、激荡下，产生生命的跃动，进入联想与想象的生命成长历程中。

第二，读诗人再将从“诗”这种具有独特形式美的语言艺术中激发、激荡的联想与想象，投到具有诗的品质的世象万事中，世象万事又具有了“诗”的品性。

这样，人、诗、世界，才可能实现“向彼岸世界的精神的上升”，“走向遥远”，“超越身边的日常性”。（今道友信《东方的美学》）而这正是文学艺术及其阅读的终极意义。

也正是从这个角度思考，我期待每一首诗的解读都具有“兴于诗”的某些品质。如果大家回望一下我们讲过的十九首诗，就能或明鲜或隐约地感觉这种追求的存在，如《关雎》作为“一个长长的追求梦”、《静女》作为“争美”的一种“内心被美所充溢”的动态美、《木瓜》作为“报”

的“可能与难能”的诉说……到《芣苢》之后，这种特征则表现得更为鲜明。《诗经》有三百多首，我们只选取二十多首。我希望这二十多首诗的解读，不仅是这二十多首诗本身，更能有举一反三之效。所以，《芣苢》之后十首诗的解读，我希望从题材到体式、从实境到虚境（灵境）、从形象到精神等多角度给读者更多信息，提供更多解读的可能性参照。

但我知道，这是一件很艰难的事，原因是方方面面的，既有我自身的原因，也有读者的原因，更有我们整体的文化氛围所形成的文化逻辑的控制的原因。我以为，我们要将《诗经》读成“真诗”，从而在读诗的过程中“把日子过成真诗”，还有很长的路要走。所以，在这里我将《诗经》阅读回归到诗的阅读，借《式微》的讲解，表达为“归家的泥途”。

回到《式微》这首诗，如果我们不执其一端，将它看成是“可以兴”的诗，那么我们的解读空间就会有很大的扩展——

能不能说，这是黎侯与他的一班臣子的心声？能！谁不想回家？且不说复国理想，仅是单纯的摆脱寄人篱下的愿望，也是人之常情。黎侯和臣子们都想回家，但他们难以回家，所以他们的回家之途是一段很长很长的泥途。

能不能说，这是黎庄夫人的心声？能！这恐怕还不只是黎庄夫人的心声。周代，《诗经》时代，诸侯之女基本上是远嫁他国，因为嫁到本国是下嫁，于礼不符。《硕人》第一章说：“齐侯之子，卫侯之妻，东宫之妹，邢侯之姨，谭公维私。”可以看到，齐侯的三个女儿，分别嫁给了卫侯、邢侯、谭公。这种远嫁他国当然有政治联姻的考量，也还有合于礼的要求在。并且，远嫁他国的女子省亲也很不容易，许多不得“归宁”。因此，与其说《式微》是写黎庄夫人表明自己坚不“大归”的心志，还不如说是表明她不得“归宁”的无奈。

能不能说，《式微》是表达小人物的心声？能！就像《小星》一样。但《小星》是有小人物对自己小人物命运的较为清醒的认识的，而《式微》看不出这种认识，所以更多的是传达小人物对自己不得归的无奈与怨愤。

除了上述三种解读，还有哪些可能呢？《式微》激发了你怎样的生命跃动呢？

古代隐士从中读到了“归隐”的渴求。王维的《渭川田家》“即此羡闲逸，怅然歌式微”表达的也是这种渴求。这也未尝不可：因为俗世事务的牵累，还不能完全归隐，于是有了人在泥途的感叹。

从阳光由明亮到昏暗的变化，还有人读到了

事物的衰败、没落，所以有“国家式微”“家道式微”等说法。当然，这种说法已与原诗的整体意义失去了关联，不是我们倡导的“兴于诗”的跃动方式。“兴于诗”不是从某一个词语出发，而是从诗作的整体诗意而来。

我们可以试想，当我们将《式微》看作人类“归家”的一个整体性象征的话，是不是就可能将我们所有人因为某种“命运”的控制，而必须奔波于生命的泥途之上不得归家的种种情愫，全部融入其中？

我以为这是可以的。当然，这个“泥途”背后的情感，不一定就是怨愤，不一定完全是无奈与伤感，也可以有抗争，也可以有坦然，甚至还可以有一种坦然后的愉悦。当然，要具有这种愉悦，是一定要达到对命运必然性的理性认知的高度的。

人生到处知何似

这让我想起了苏轼的《和子由渑池怀旧》——

人生到处知何似？应似飞鸿踏雪泥。
泥上偶尔留指爪，鸿飞那复计东西？

老僧已死成新塔，坏壁无由见旧题。

往日崎岖还记否？路长人困蹇驴嘶。

《和子由渑池怀旧》第一句“人生到处知何似”，应当是这首诗的“诗眼”。它表明这首诗是探讨“什么是人生”“人生应当是怎样的”这一类问题。苏轼的回答是“似飞鸿踏雪泥”。人被命运领着或牵着到处漂泊，偶尔在某个地方留下一点印记，也很快消失。人就这样“东游西荡”，目的何在？归宿何在？当你寻寻觅觅，依旧没有一点迹象可以满足时，早已感到“路长人困蹇驴嘶”了！

这其实就是一个寻家者的苏轼形象。那个儒道释三家融会贯通的苏轼，在贯通之后已没有了家。他既不是儒家，也不是道家，也不是释家。我们可以说他是一个精神家园的探寻家。他非常清醒地认识到，人生是孤独的，人生是漂泊的，人生是无奈的，但他的境界在于认识到这些后不是消极地承受，而是积极地接纳。苏轼是这样写的，也是这样做的。这从此后苏轼“著手成春”的人生轨迹中可以看得非常清晰。这里也就不展开了。

但是，苏轼只一个，像苏轼这样的人也是极少见的。这里我是将苏轼的《和子由渑池怀旧》看作《式微》的千年之续的“兴于诗”，看作几千年之后的今天的我们可再“兴于诗”的一个模范。

“归家”之途可能是坦途，但人类的命运注定了绝大多数时候都是跋涉在泥途之上的。

《君子于役》

思念的距离

思念是人类的一种永恒困境，因此，思念成了文学表达的一个永恒主题。

《诗经》三百零五篇，涉及思念的作品超过一半，所占比例极高。像我们讲过的《关雎》《子衿》《月出》等，都涉及思念。

作为文学中一个很大的话题，思念能讲的角度很多，我们今天借《君子于役》这首诗，聊一聊“思念的距离”这一话题。

思念的距离有多远？我们先来读《君子于役》——

君子于役，不知其期，曷至哉？
鸡栖于埘，日之夕矣，羊牛下来。
君子于役，如之何勿思！

君子于役，不日不月，曷其有佸？

鸡栖于桀，日之夕矣，羊牛下括。

君子于役，苟无饥渴！

——《王风·君子于役》

大意是说——

丈夫在外服役，不知道回家确切的限期，也不知道在什么地方。

鸡儿已经栖息在窝里，太阳快落山了，牛羊成群结队走下山坡。

丈夫在外服役，怎么能不想念他？

丈夫在外服役，不知道到哪月哪日，什么时候才能相聚呢。

鸡儿已经栖息在木桩上，太阳快落山了，牛羊成群结队走回来了。

丈夫在外服役，但愿他不饥不渴身体好。

思念的距离有多远

读完这首诗，你能说说思念的距离有多远吗？

说到距离，我们知道有时间距离，有空间距离。

这首诗写到了时间距离吗？写到了。“不知其期”“不日不月”，就是说没有期限，不知道哪年哪月哪日。在所有的时间距离中，没有具体期限的时间距离是不是最长的时间距离？是！但也可能是最短的，因不知道哪年哪月哪日，也许就是下一刻！这样最长的距离中，给了最短的想象，于是，思念就在痛苦的期盼中永远许诺着“下一刻”的幸福。

写到了空间距离吗？写到了。“曷至哉”，到了什么地方呢？许多人把这句诗理解为“什么时候回到家呢”，这大体上似乎没有什么问题，但我以为不如理解为“到什么地方了呢”更好，因为这是思妇念远时很自然由时间推至空间的逻辑：不知道何时回来→也不知道在什么地方。这很符合人们寻求踏实、心安的心理。我们可以反向想一想，如果妻子既知道丈夫的归期，也知道丈夫所在的地方，她思念的时空距离都是确切的，她是不是就踏实得多、心安得多？一定是。如果妻子知道丈夫的确切归期，但不知道丈夫身在何处，她是不是又少了许多踏实、多了许多不安？因此，我以为将“曷至哉”理解为“到什么地方了呢”，更符合思妇念远的心理，这样也就可以将思妇的思念推到最宽广、最深远的地方了：因为没有具体的空间，就可能变成任何一个空间，丈夫所在的地方就可能在思妇的想象中被置于任何一个陌生的空间，既可能就在山的那边，也可能在山的那边的那边，还可能在山的那边的那边的那边。

应当说，这种没有期限的时间与没有具体位置的空间，构成了思妇思念最遥远的距离。

在这种最遥远的思念距离中，却有了最不应该但又是最自然最切近的心理刺激：

“鸡栖于埘”“鸡栖于桀”——鸡回鸡窝了，鸡栖息到那固定的木桩上了。

“日之夕矣”——太阳落山了。

“羊牛下来”——牛羊也回家了。

我们先说“最自然”。

“自然”的本意是“自己这样”。

“鸡栖于埘”“鸡栖于桀”是不是“自己这样”？是的。鸡由野生的原鸡驯化而来，其驯化历史至今至少有四千年，到《诗经》时代，也有一千年历史了。经过一千年的驯化，傍晚时分回到鸡窝早已成为鸡的自然（也可谓人化自然）。

“日之夕矣”是不是“自己这样”？是的。太阳每天早上升起，晚上降落，这是几十亿年的自然。太阳这几十亿年的自然，也促成万事万物“日出而作，日落而息”的自然。鸡这样，人这样，牛羊也这样。

所以，“羊牛下来”也就是一种自然。

再说“最切近”。

当思妇伫立在落日的余晖中思念着不知何时回来、不知在何地服役的丈夫时，那些与她最近距离的、相伴朝夕的鸡牛羊准时回家了！

再说“刺激”。

在“日出而作，日落而息”的自然驯化中，“日落”之时，万物都开始进入休息状态，出去活动了一天的动物们都会回家；人类也一样，其生理机能也会在“日落”之时开始进入休息状态，劳作了一天的人们也自然而然地回家。“夜星啊，白天剥夺了我们的，你全带了回来，羊群归栏，孩子们都投入母亲的胸怀。”（萨福《傍晚之歌》）所以，黄昏之时，出门在外不得归家的人就会特别念家，在家盼望亲人归来的人也就特别盼望亲人的归家。

正是在这最盼望亲人归家的时候，却看不到所盼望的家人归来，而看到的是那些鸡牛羊早已归家或正在纷纷归家。

鸡牛羊的归来，激荡着思妇的思念，满眼是远方服役的丈夫从四面八方归来的幻影，它的背景恰又是夕阳落山时漫天的橘红色，慢慢地又加上了辽阔、沉郁、苍茫的暮霭，这就将思妇的思念弥漫于思妇所能感知到的整个天宇之中了。于是，思念的距离就从最遥远的距离变成了弥漫于语言表象之外的无限。

大家想一想，这种自然切近的刺激难道是应该的吗？不应该啊！是不应该啊！

思妇因未知无法把握的思念，无处排遣情感，然而太阳照常升起，日子照样要过，不得不在庸常的生活中安顿好无着落的思念，让思念去“装忘记”。这本来就是一种巨大的磨难，老天怎么可以再施以这一层自然切近的刺激来磨难她呢？

但这就是艺术，它将生活艺术化，并且变成艺术的必然：在这样无限的思念距离中，任你有多大的思念力，都不可能获得你所思念对象的确切信息，于是，你只能回到最切近、最有可能抵达的某种愿望上来。

“君子于役，如之何勿思！”是的，思念是最有可能抵达的愿望，因为只要我还有思念的可能，我就思念，思念是我最大的权利！

“君子于役，苟无饥渴！”是的，思妇的思念抓不住任何其他的东西，那就许下一个愿望吧，愿丈夫无饥无渴，身体无恙！

这样，一个宏大无比距离无限的思念转为一个实实在在的愿望，便将思念的距离彻底消除了。

但思念的距离果真消除了吗？今天的消除是明天的更加煎熬的距离累加。日复一日的煎熬的距离累加，使思念最终成为思念者的生命方式，只要思念对象一天不归来。

思念的距离有多远？思念是一种心象，所以它的距离要多远就有多远，要多近就有多近。心的舞台有多大，思念的距离就可以有多远。可以咫尺天涯，也可以天涯咫尺；可以度日如年，也可以度年如日。这就是思念的距离。这种任由思念者的思念生长与转化的距离，正表明思念是无处不在、无时不在的生命困境，任由你用什么方式也难以突围。

思念的一次文学突围

讲到思念与生命困境，就会想起李商隐的《锦瑟》。

《锦瑟》是李商隐的代表作之一，也是李商隐最难解的作品之一，素有“一篇《锦瑟》解人难”之说。我们不妨读一读——

锦瑟无端五十弦，一弦一柱思华年。

庄生晓梦迷蝴蝶，望帝春心托杜鹃。
沧海月明珠有泪，蓝田日暖玉生烟。
此情可待成追忆，只是当时已惘然。

正是这篇诗歌公认的多义性存在，给我们提供了一个可能的阐释机会，那就是从“思念的距离”这个角度来把握。

在我看来，《君子于役》是思妇对远方服役的丈夫的思念，《锦瑟》是歌者对远逝无踪的过往的思念。

因为没有确切的时空距离，《君子于役》中思妇思念丈夫的距离是最遥远的思念距离，但含有最近的思念距离的想象的幸福。

因为有锦瑟五十弦、庄生梦蝶、望帝啼鹃、沧海明珠、蓝田暖玉这一系列确切的意象，《锦瑟》中歌者思念过往的距离似乎是可以落到实处的，是可测量出具体的距离的，比如五十年（一弦一柱思华年），比如一千年（庄子约生活于公元前 369—前 286 年，李商隐约生活于 813—858 年，他们相距约一千年），比如两千年（传说中的望帝是商朝时期人，即公元前 1600—前 1046 年，与李商隐相距约两千年上下），比如二十一万里（《海内十洲记·沧海岛》载，“沧海岛在北海中。地方三千里，去岸二十一万里，海四面绕岛，各广二千里，水皆苍色，仙人谓之沧海也”），比如几十里（蓝田就在长安城东侧），但这些“实处”其实是与《君子于役》中的“鸡”“日”“羊牛”一样，是一种“最自然最切近的心理刺激”，是这些刺激使得歌者越思越远，越念越远，将思念推向不可思念的无限怅惘之中。于是有了诗歌的最后一句——千古绝唱：“此情可待成追忆，只是当时已惘然。”

如果说《君子于役》因“含有最近的思念距离的想象的幸福”，在万般无奈之中还能够转而对丈夫寄以“苟无饥渴”的祝愿，那么，《锦瑟》则连这样的“幸福”与“祝愿”都没有放置的凭借了，因为它根本就没有出现过实实在在的思念对象，所出现的仅是梦幻、传说，仅是可视见而不可触及的日暖、玉烟。也许我们还可以追问那锦瑟是一种怎样的实在，但就算那锦瑟是实在的，也因为无琴而早已变成“琴瑟”完美的残缺，何况那五十弦还可能是二十五弦断而成之？由此，完全可以说，李商隐的《锦瑟》看起来多在实处，却无一实处，而是处处以实出虚，以“虚”托起了他实实在在的无可名状、无可测量、无可追忆的思念。戴叔伦言：“诗家美景，如蓝田日暖，良玉生烟，可望而不可置于眉睫之前也。”这也可以从一个侧面印证我们对《锦瑟》的这种理解吧。

在开掘生命意义中树立里程碑

《君子于役》是一首伟大的诗。其“黄昏盼归”的母题抒写，启示着一代代诗人，像大诗人王维、杜甫、李清照、辛弃疾等都与它遥相呼应；它综合叙事写景抒情的写作方式，成了后代抒情的基本模式。我以为，它的伟大还在于它为写思念树立了一个标杆——不可测量的思念距离。这也是我想起《锦瑟》的原因。无论你怎样读《锦瑟》，一个根本点恐怕是不能忽视的，那就是它“以虚托起了他实实在在的无可名状、无可测量、无可追忆的思念”。这是对《君子于役》“思念距离”的超越：无实处而无可名状是一重超越，因而根本无可测量又是一重超越，在万般无奈之中将实有的思念转化为无可追忆的思念更是一重大超越。

中国文学对生命的思考，从肯定到否定，再到否定中的肯定，是几次大的跨越。《诗经》是对生命的大肯定，像《君子于役》，哪怕没有了希望，也要寄予希望（“苟无饥渴”）；《庄子》是对生命的大否定，“吾丧我”；到了唐代的李商隐，则进入否定中的肯定时代，在感伤与痛悼之中站立起更加丰富立体的人。将《锦瑟》与《君子于役》放在一起来思考，最终是想传递我对中国文学对生命思考的这种判断。伟大的文学，都是生命思考的结晶，都是在思考生命中开掘、丰富生命的意义。哪一部作品的开掘对前代有所超越，这部作品就一定会成为文学前行路途上的一座里程碑。

《黍离》

人生的困境

在讲《君子于役》时，我们讲到“思念是人类的一种永恒困境”，今天我们继续“人生的困境”这个话题，来读《诗经》中的又一名篇《黍离》——

彼黍离离，彼稷之苗。
行迈靡靡，中心摇摇。
知我者谓我心忧，不知我者谓我何求。
悠悠苍天，此何人哉！

彼黍离离，彼稷之穗。
行迈靡靡，中心如醉。
知我者谓我心忧，不知我者谓我何求。
悠悠苍天，此何人哉！

黍
稷

彼黍离离，彼稷之实。

行迈靡靡，中心如噎。

知我者谓我心忧，不知我者谓我何求。

悠悠苍天，此何人哉！

——《王风·黍离》

《黍离》表现了怎样的“人生困境”

读完后我们发现，三章基本相同，只有几个字的差别。

第一章的“苗”，第二章改为“穗”，第三章改为“实”。看得出，与《诗经》中许多篇章一样，通过这样的变化，显示时间的推进。《黍离》中由“苗”→“穗”→“实”，显示了庄稼的一个成熟周期。考虑《王风》产生地在河南洛阳一带，这一个成熟周期大体上就是一年了。与稷由“苗”→“穗”→“实”变化同步的，是歌者“我”由“中心摇摇”→“中心如醉”→“中心如噎”，显示了歌者“我”的内心越来越不安、越来越痛苦的煎熬情状。

黍啊长得这样茂盛，那稷啊苗儿绿油油。看到这样的情景啊，我脚步啊迈也迈不动，内心啊无法安宁。

我们不禁要问了，歌者“我”为什么看到“彼黍离离，彼稷之苗”，就“行迈靡靡，中心摇摇”？

我们可以有许多猜想，你猜想到什么原因呢？

前人有一些猜想，有一种猜想被广为接受，就是西周灭亡之后，朝廷东迁洛邑为东周，东周大夫经过故国宗庙宫室时，眼前却尽是“彼黍离离，彼稷之苗”，于是伤悼之情油然而生。这就是“黍离之悲”——国破家亡之痛。

并且，这种国破家亡之痛，是随着时间的推移与所见景象的变化而不断加深的：先见“彼黍离离，彼稷之苗”之时，是“中心摇摇”；再见“彼黍离离，彼稷之穗”之时，是“中心如醉”；第三次见“彼黍离离，彼稷之实”之时，是“中心如噎”。

前人猜得是否准确呢？

我们看歌者“我”自己怎么回答：“知我者谓我心忧，不知我者谓我何求。”

他说：了解我的人看见我“行迈靡靡，中心摇摇”的样子，说我是内心有忧，不了解我的人看见我这个样子会说我到底想要什么。

这里我们要追问的关键是“我心忧”的是什么？如果“我”真是东周大夫，那心忧国破家亡是极有可能的，或者忧虑当下东周朝廷的种种困境也是极有可能的。

“忧”字从心，尤声，本义是心动。为何心动？遇到愁苦。每个人都会遇到愁苦，因而不会有人对“忧”字感到陌生。但为国家而“忧”的概念大概在夏商之际才产生。《商书·盘庚》记述盘庚决定迁都时对百姓的训辞中使用了“忧”字：“汝不忧朕心之攸困”（意思是说，你们不以我内心所困为忧虑）。而作为儒家一种普遍的忧患意识，“忧”的产生，是在孔子及孔子之后。儒家倡导的“忧”是居安思危的理性精神，所谓安而不忘危，存而不忘亡，治而不忘乱，得而不忘丧。这种不忘危亡乱丧的理性精神，用一个比喻说就是“如临深渊，如履薄冰”。这种忧是深知自己肩上的责任后，力求克服种种困难，力求实现既定目标的精神动力，所以孟子说：“君子有终身之忧。”

是的，如果歌者“我”就是东周的大夫，后人猜测到了“我心忧”的是国破家亡，那后人就是“知我者”了。那么歌者“我”就应该感到幸福了。

但歌者“我”也许想不到后人能猜到自己的“心忧”，或者压根就没有去想过后人猜测“我心忧”什么这样的事，所以在最后几乎是以呐喊的方式向天发问：“悠悠苍天，此何人哉？”——又高又远的苍天啊，这是怎样的人世啊！

这里有对人世的怀疑，当然也包含了对自我的怀疑。此处要说明一下，对“此何人哉”的理解，人们多数从追问是谁造成了西周危局的角度思考，我认为不是很好。从诗作本身语言发展的内在逻辑看，此句是对上句“不知我者谓我何求”的回应，是对自我存在的一种诘问：我为什么是这样的啊？人们为什么是这样的啊？这样，诗歌的语言之流就在一以贯之的内在逻辑中：从“中心摇摇”到“此何人哉”，顺理而成章。

读到这里，也许你对这首诗的感觉会发生很大的变化。是的，当你读了三遍“知我者谓我心忧，不知我者谓我何求。悠悠苍天，此何人哉”时，你会觉得这首诗的重心是在后面：歌者是在向“不知”的人生困境做精神的突围。

“不知”的人生是怎样的人生

“不知”的人生是怎样的人生？

比如《黍离》中的歌者“我”——

他到底是谁？他为何见“彼黍离离”而“中心摇摇”？他在自己的生活中遇到了怎样的“误解”？他为何要向苍天发问？这是我们对他的

追问。

那他自己知道他是谁吗？他自己真的知道他为何见“彼黍离离”而“中心摇摇”吗？他自己真的知道他在自己的生活中遇到了怎样的“误解”吗？他自己真的知道他为何要向苍天发问吗？也许他对自己是怀疑的，或者是根本不知的，于是这样的追问就变成了他对自我的追问：“我是谁？”“我在做什么？”“老天啊，我这人生是怎样的人生？”

“悠悠苍天，此何人哉！”我以为这是一个终极之问。这是对自我人生的终极之问！

我们可以想一想，每个人，每个追求觉醒的个体，其实都追问过这个问题：“老天啊，我这人生是怎样的人生？”有的人在追问中清醒了，有的人在追问中迷失了，更多人是在追问中半醉半醒地走完了一生。因此可以说，多数人过完一生依旧是个“半拉子人”！这恐怕是人生最大的困境了。

如果我们上述的追问成立，那么，这《黍离》中的歌者“我”是完全可以置换的，是可以置换成你我他中的任何一位的。我们每个人都可能面对这样的人生困境——

“不知所求”而“强其所求”。“我”有所求，且“我”自以为知“我”所求，“我”也期待别人知“我”所求，但事实上“我”并不真正知所求为何，别人也并不知“我”所求为何。这样就造成了两重误解：自己与自己的误解，别人与自己的误解。

首先是自己与自己的误解。

如《黍离》中的“我”。诗的前半写得很清晰：见“彼黍离离，彼稷之苗”，“我”“中心摇摇”；见“彼黍离离，彼稷之穗”，“我”“中心如醉”；见“彼黍离离，彼稷之实”，“我”“中心如噎”。显然这是“我”心有所求又求而不得，才可能产生的现象：因心失衡而失态。相反，如果“我”心无所求，见“彼黍离离，彼稷之苗”则不会“中心摇摇”。同时，如果“我”心有所求又求而有得，那也不会“中心摇摇”：因心平衡而行为正常。但诗的后半却说“不知我者谓我何求”，这表面看是责怪别人不理解自己，深层次却是对“我”有所求的自我怀疑与自我否定，或者说是在责怪别人的同时也否定自我。明明有所求，却又自我否定有所求，这就是自己与自己的误解，或者说是不自知。

人就常常处在这样的自我否定式的自己与自己的误解中，有的人一辈子处在这样的误解中，无法达到自我和解而走向了另一个世界。如有的人落入所谓爱河之中，却一再伤害自己所爱的人而至死不悟；有的人陷入所谓的完美人生追求之中，却因很小的“破损”而痛不欲生。一味求名求利之人则更是如此。从这个角度看，《红楼梦》的《好了歌》有一节很有现实启示意义：“世人都晓神仙好，只有金银忘不了！终朝只恨聚无多，及到多时眼闭了。”许多人想过神仙一般的日子，于是尽其一生去求财，使自己的一生变成了财富人生。但财富人生与神仙日子却背道而驰，财富不仅不能延寿，而且还很可能因为财富所累而折寿。

在这个世界，能不与自己误解而能与自己和解的人是很少的。能与自己和解的人都是“通人”：通达于事理，通达于人情；做事坚定，不屈不挠；承担命运，不怨天，不尤人。这样的人不会“不知所求”而“强其所求”，而是能在“知其所求”中坚定地“求”，甚至“抱一而为式”。

其次是别人与自己的误解。

我们的语言中有诸如“善解人意”“知音难觅”“言不尽意”“欲辨已忘言”“语言是第二义”等说法，都在表明人们寻求别人理解的渴求。

但生活中，人是很难被别人理解的，更多的时候是别人与自己的误解。《黍离》中歌者“我”从很大程度上说，表达的就是“别人与自己的误解”。“不知我者谓我何求”说别人理解不了“我”；“此何人哉”既是说别人理解不了“我”，其实也是在说“我”理解不了别人。

人作为社会文化的综合体，有社会性，有个体性，个体性又分心理性与本体性。弗洛伊德将人格结构分为本我、自我和超我。也就是说，每个人都生活在自己的文化逻辑中，有的人更多是趋同，有的人更多是求异。无论哪一类，都会有求异部分。这求异部分就是个体最难为别人所理解的部分，多数时候这就是“别人与自己的误解”之源。也正是这样的误解无处不在，生活中的人就处处存在误会。我们想一想，你理解父母吗？父母理解你吗？你理解老师吗？老师理解你吗？在趋同的地方可能是相互理解的，在求异的地方可能就不断误会了。

世上误会最多之处在哪里

世上误会最多之处在哪里？各人有各人的理解。但我以为裴多菲的诗说得最清楚：“生命诚可贵，爱情价更高。若为自由故，二者皆可抛。”误会最多处是对“自由”的追求。

《黍离》中歌者“我”“中心摇摇”是因为“我”心有所困，并且要挣脱所困；“中心如醉”是“我”

心有所溺，并且要泅渡上岸；“中心如噎”是因为“我”心有所堵塞，并且要打通堵塞。可以说，“挣脱所困”“泅渡上岸”“打通堵塞”就是人追求自由的方式，就是人通往自由之乡的必经之路。

这条必经之路打通了，人就可以自由行走了，爱情之花就会结果，事业之花就会结果，友谊之花就会结果，人生的幸福之树就会硕果累累。

但因为对“自由”的追求有着太多的误解，许多人终其一生不见爱情踪影，难觅事业之途，收获不到友谊之果。所以，圣者如孔子，也只能感慨：“不怨天，不尤人，下学而上达，知我者其天乎！”（《论语·宪问》）

“知我者其天乎”，是说了解我的只有老天吧！孔子真是圣人啊，他的这一感慨将“别人与自己的误解”说到了底！我们无法在人间被人理解，那就随他去吧！但我作为人间之人，我一定做人间之事，“不怨天，不尤人”，知自己所求而求之，乐自己所乐而乐之，“下学而上达”（学习切身的知识而通达天理）。或许，这是通向自由人生的最佳路途，但人世之间，人们多数都被怨天尤人的泥途所围困。

《蓼莪》

欲报之德，昊天罔极

《蓼莪》写子女难报父母之恩

在《〈诗经〉概说一》中，我们讲《诗经》是周代社会的"百科全书"。我们读了这几十首，是不是有初步的感受？《诗经》几百首诗，确实涉及方方面面问题的探讨。

今天讲的《蓼莪》涉及的是父母养育与子女报答的关系问题。后代诗评者，几乎都讲到它感人至深、令人泪泣的深情。我们一起读一读——

蓼蓼者莪，匪莪伊蒿。
哀哀父母，生我劬劳。

蓼蓼者莪，匪莪伊蔚。

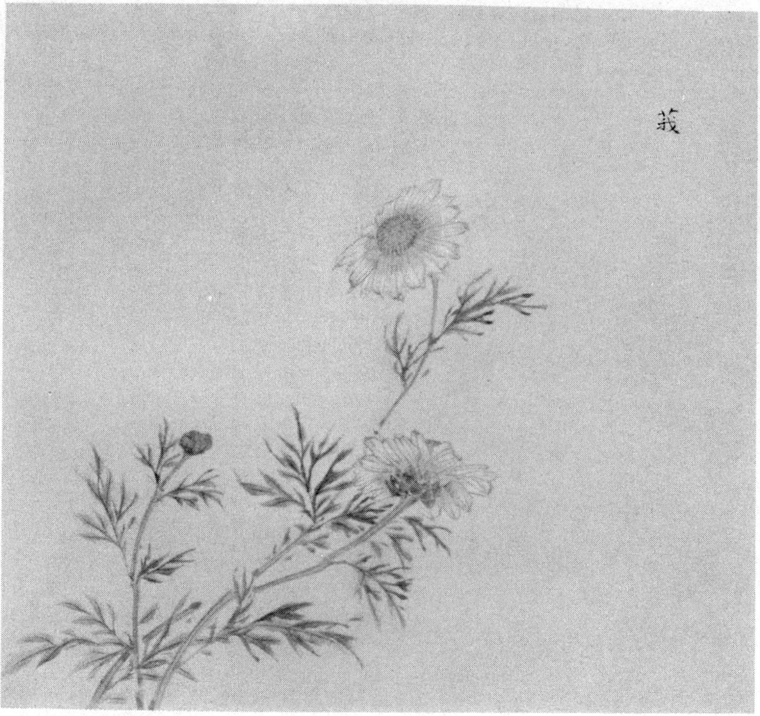
莪

哀哀父母，生我劳瘁。

瓶之罄矣，维罍之耻。
鲜民之生，不如死之久矣。
无父何怙？无母何恃？
出则衔恤，入则靡至。

父兮生我，母兮鞠我，
拊我畜我，长我育我，
顾我复我，出入腹我。
欲报之德，昊天罔极！

南山烈烈，飘风发发。
民莫不谷，我独何害！

南山律律，飘风弗弗。
民莫不卒，我独不卒！

——《小雅·蓼莪》

“莪”（é）是蒿草的一种，因为抱根丛生，很像几岁的孩童粘着父母的样子，所以被称为“抱娘蒿”。蒿有许多种，如蔚蒿、青蒿、艾蒿、茵陈蒿等。“蓼”（lù）是茂盛的样子。《蓼莪》以莪蒿长得茂盛作比，比喻家庭生活幸福，指向子女有孝心也有能力赡养父母。而以普通的其他蒿自比，指向自己没有能力赡养父母。

第一章说，莪蒿长得很茂盛，我却不是那莪蒿，而是那普通的蒿。可怜我的父母亲，辛辛苦苦把我抚养大，我却不能赡养他们。“劬（qú）劳”，费尽辛劳的意思。下章的“劳瘁”是因过度劳作而生病。

第二章与第一章是重章，大体意思相同。

第三章紧承上两章“蒿”与“蔚”，说自己的“无用”：那瓶里的水干掉了，是那蓄水坛子的羞耻。自己一个人活在这个世上，不如早早死掉。没有了父亲靠什么？没有了母亲靠什么？走出家门心里就生悲，回到家里心里就没有着落。罍（léi）是蓄水的坛子，这里用来比自己没有能力赡养父母，使父母早逝。

第四章是《蓼莪》中最有名的一章，深情再现父母的养育之恩：

父亲生我，母亲喂我。你们抚我爱我，养我长大育我成人，照顾我庇护我，进进出出怀抱我。想报答父母的恩德，它竟像广大无边的天那样没有极限，我怎么能报答它的万一？拊通“抚”；畜通“慉”，喜爱；复通“覆”，庇护；腹，怀抱。

第五章承第四章不能报答父母之恩而来，追问为什么：南山陡峭，狂风呼啸。没有谁有什么不好，为什么只有我独独遭受这样的苦难？

第六章与第五章是重章，大意相同，但最后的“不卒”（不能终养父母）将前文全部收住，也就是将“我”遭受的苦难落到不能终养父母这个核心事件上。

这首诗感人至深的原因是什么

一是“莪”之比。前面讲过，莪因抱根丛生，被称为“抱娘蒿”。无论是它的样子，还是它的别称，都唤起人们有关母子情深的种种思绪。请特别注意，“蒿”是一种贱草。莪之比显然来自民间，来自最广大的底层。它尤其能唤取具有类似生命经历的读者生命深处沉积的情愫。朱熹在《诗集传》中说：“晋王褒以父死非罪，每诗至‘哀哀父母，生我劬劳’，未尝不三复流涕，受业者为废此篇。”王褒因为父死于非罪都能被其感动如此，何况普通底层之人？记得之前我们讲过，《诗经》起兴与设比的艺术必然性，其起兴与设比，绝大多数都具有不可替代性，都具有唯一性。艺术经典的语言特质之一就是不可有二。仅从起兴与设喻来看，《诗经》中的这类诗绝大多数都可谓不可有二。

这首诗以“莪”设喻，就是这样，没有任何其他的事物可以替代。

二是“蒿”与“蔚”之恨。

什么是“蒿”与“蔚”之恨？就是原来以为自己是“莪”，结果却发现自己只是“蒿”与“蔚”，其事实差距构成了自己的心中之恨，恨自己无能，恨自己不能像别人那样报答父母。这种“恨”是许多人都有过的情感经历。这也就是古语“子欲养，亲不待”一直有着强大生命力的原因，它更多的并不是表达子有能力养而不养，而是表达子无力养，尤其是先前无力养的痛惜之情。《蓼莪》这种极其契合“我”的心理的设喻，可以击中任何一位有过类似经验的读者。

三是对父母之恩的深情再现。

第四章用一系列动词，将父母生养、培育子女的艰苦辛劳，表现得极其准确而全面。生、鞠、拊、畜、长、育、顾、复、腹，这九个动词串起了父母养育孩子的完整过程，是第一章“劬劳”、第二章“劳瘁”的具体化。可能不是每个读到这里的人都能将父母养育自己的全部过程回忆得起来，但一定能回忆得起父母养育自己的某个特定的细节，那是深藏在生命腹地的记忆，那是深烙在灵魂底层的记忆，只要有触媒，哪怕是一点点极细微的风，也能掀起情感的波澜。

四是对父母之恩难报的真实认知。

父母之恩到底有多大？诗人说："昊天罔极！"像广大无边的天那样没有极限！这是夸张吗？不是，是真实。首先，你的生命是父母给的。如果不能来到这个世界上，你根本就没有"天"。现在你来到这个世界上了，你就拥有了你的"天"了，这个"天"就是父母给的。其次，你现在拥有的一切，你的形体面貌，你的语言表达，你的思维方式，你的聪明才智，都源于你的父母。是你的父母为你启蒙，为你打开天窗，为你打开天眼，让你获得了广大无垠的"天"，这个"天"其实也是来自于父母的养育。所以说，父母的恩情有多大，确实有天大。因此，没有哪个人是可以报答得了父母之恩的。"欲报之德，昊天罔极"正是这样真实的一种表白，让所有对父母之恩有觉醒的人深感愧疚，让所有对父母之恩没有觉醒的人醍醐灌顶之后深思，深思之后觉醒，觉醒之后愧疚。唐代孟郊《游子吟》中的名句"谁言寸草心，报得三春晖"所以感人，正与此类似。

这里要说明的是，有人将"昊天罔极"理解为"上天降祸难以预测"，我以为与上一句"欲报之德"难以对接，无论是表象的语言之流本身的连续性，还是内在的情感之流本身的不可遏制，都是如此。

五是与他人对照之中的追问。

"民莫不谷，我独何害！""民莫不谷，我独不卒！"生活背景是一样的——"南山烈烈，飘风发发"，而为什么"民莫不谷"，"我独"遭受灾难？

这一追问促使所有有良知的读者去思考。"老者安之，少者怀之。"（《论语·公冶长》）"仰足以事父母，俯足以畜妻子，乐岁终身饱，凶年免于死亡。"（《孟子·梁惠王上》）这些是古代儒家理想社会的畅想，为人们所广泛认可。"我独何害""我独不卒"，是社会原因，还是个体原因？社会原因是整体原因，还是局部原因？个体原因是能力还是态度？……

但从"南山烈烈，飘风发发""南山律律，飘风弗弗"的陈述看，大家的生存环境都一样恶劣。因此，如果社会整体生存环境有所改善，个体原因也就会相对弱化，"我独不卒"的现象就会减少。

所以，这一追问已将情感冲击引向了情理兼融的叩问。艺术的力量有时在情的激发，有时在理的征服，有时在情理兼融的叩问。三者相较，叩问往往是一种更有力量的激发与征服。前面我们讲过的《东山》，结尾就是一个叩问："其新孔嘉，其旧如之何？"正是这一叩问，彻底将"我"悬置了。那么《蓼莪》里的这一叩问呢？我说，它将所有的“我独不卒”者引向了悔恨的深渊，也让所有的理想社会的追求者以更大的勇气和力量去追求自己的社会理想。

欣赏艺术一般是由两个阶段构成的过程：一个阶段是“入乎其内”，为艺术“内里”的情感、思想等深深打动；一个阶段是“出乎其外”，从情感、思想的沉醉中回过神来，再慢慢以欣赏的眼光和心理发现它的艺术方式所表现出来的艺术力量。

为什么第四章一连用了九个“我”字

在分析了诗作感人的原因后，我们再来看第四章：一连用了九个“我”字，却没有任何累赘之感，为什么？

> 父兮生我，母兮鞠我，
> 拊我畜我，长我育我，
> 顾我复我，出入腹我。
> 欲报之德，昊天罔极！

一是情感的自然爆发，是在前三章蓄势之后

的情感喷发。

诗作一共六章，这是第四章。前两章是重章，分两层有梯度地抒写“莪”与“蔚”之恨；第三章是前两章“莪”与“蔚”之恨的具体化，最后一句“出则衔恤，入则靡至”将“我”有愧于父母的情感引向高潮。第四章就是在“我”有愧于父母的情感高点上的倾泻，有如大江决堤，一泻千里。这九个“我”字正是那决堤的情感洪流。大家再读一读全诗，读到这第四章一定有这种情感洪流一泻千里之感。并且，我们可以试着做一点变动，少用几个“我”，在对比中你将更会发现，这里非九个“我”不足以形成这样的情感洪流，非这样的情感洪流不足以表现“我”对父母养育之恩的愧怍与感激。

二是每个“我”字前面都有一个动词，这九个变化的动词，使九个“我”字相互激荡，相互融合，从而产生更大的向前倾泻的力量。“父兮生我，母兮鞠我”两句中的“生”“鞠”是互文，其相融相生自不必说；“拊我畜我”中的“拊”与“畜”、“长我育我”中的“长”与“育”、“顾我复我”中的“顾”与“复”是三组近义词，每组两字形成小的激荡，三组之间再形成更大的激荡，一直激荡到“出入腹我”，我们脑海中浮现的尽是父母进进出出怀抱“我”的情景。最后，以一句感天动地的“欲报之德，昊天罔极”收住，但不是戛然而止，而是在天地之间久久回荡。

三是“赋”的艺术。

我们在前面也多次讲过，“赋者，敷也，敷陈其事而直言之者也”，赋就是直接铺陈叙述，不拐弯。赋虽然是《诗经》最基本的表现手法，但使用非常讲究，许多诗作显示了赋艺术的高度。我认为，《蓼莪》是《诗经》赋艺术的最高境界。首先，我们再也找不到连续使用九个动词的诗作；其次，再也找不到一个词（“我”）连续重复九次的诗作；再次，它是被艺术地置于六章之中的第四章，是在最需要这种手法去表现诗歌情感的地方（也就是它被放置于最该放置的地方），产生了最大的艺术效能。综合这三点，它体现了“艺术的必然性、绝对性与强迫性”，形成了绝对不可复制的艺术的唯一性特征。

《玄鸟》

天命玄鸟

为什么将《商颂·玄鸟》作为最后一讲的内容

有三个考虑：

第一，《玄鸟》是《诗经》颂诗的名篇，是颂诗的代表作之一。本书主讲二十三首，其中风诗十九首，雅诗三首，颂诗一首。这二十三首诗都是名篇，都在某一个点上有自己的独特性，且都在表现《诗经》整体特征方面有代表性。我希望本书能依据这些诗本身的独特性展开，并力图呈现出这些诗在《诗经》整体特征方面的代表性意义。这样，通过二十三首诗的讲析，我们可以窥得《诗经》的整体风貌。颂诗包括《周颂》《鲁颂》《商颂》，《商颂》五首列于《诗经》最后。依据诗歌本身的独特性与《诗经》内容的排列顺序，就将《玄鸟》作为最后一讲的内容。

第二，《玄鸟》突显了“史”的意识。我们讲过，雅诗与颂诗是乐歌，雅诗主要用于宫廷宴享或朝会，颂诗主要用于宗庙祭祀。这两类诗中的许多篇章都有缅怀先祖功业的内容。像大雅中的《生民》《公刘》《緜》《皇矣》《大明》，就是一组缅怀周人先祖功业的作品，堪称史诗。尤其是《生民》，较为完整地记述了周人始祖后稷出生的灵异与功德的巨大。但正如许多论者所言，最有“史”的意识的作品还要数《玄鸟》。《玄鸟》记述了商从成汤立国到武丁中兴与商的强大的历程。这是一种非常了不起的“史”意识。而这样一种贯穿历史先后的“史”意识，在周颂里只是隐隐约约的，人们将大雅中的一些篇章重新排列，从《生民》（大雅第十一篇）→《公刘》（大雅第十六篇）→《皇矣》（大雅第七篇）→《文王有声》（大雅第十篇）→《大明》（大雅第二篇），隐约可现周人自姜嫄履大人迹而产弃，至文王受方国（接受天下各国的归附）、武王牧野伐商纣，这样一段兴发历程。

说到“史”意识，这里还想多说几句。我们常讲“史诗性”“史诗性巨著”，讲司马迁的《史记》是“第一部纪传体通史”，讲杜诗是“诗史”，这些话语的背后是对“史”意识的称颂。为什么会如此称颂？因为人都在历史的特定时空中，必须融进其之前与之后的时间链条中，才会真正获得人的社会历史意义，否则就如同未曾来到人世一般，所以人们的潜意识中就有了对“史”的崇尚。这样，人们在阅读作品时，就特别期待从作品中获得“史”的意义，鉴往知来。所以，司马迁有了“通古今之变”的写作追求，司马光有了“鉴于往事，有资于治道”的写作追求。正是从这个意义上，人们常讲“读史使人聪慧”。

而从历史“书写”的进程看，《诗经》时代还没有形成真正的“史”意识。我们中国人的“史”意识“书写”的真正形成，是司马迁的《史记》。我们知道，《史记》之前有《春秋》《左传》《国语》《战国策》等历史著作，但这些著作都是以历史事件为核心的历史书写，不是以历史进程为核心的历史书写。刚才说，《史记》是将“通古今之变”作为自己的写作追求的。现在我们要说，这种写作追求和写作目标，是司马迁和他的《史记》的一个极其伟大的贡献。它不仅呈现出了可信度极高的历史（如《史记》中对商王世系的记录，以前常有人质疑，但20世纪初出土的甲骨卜辞印证了司马迁的写作。史学家们依据甲骨卜辞复原了商代二十九王的世系，结果与司马迁的记述一致），而且在写作理念上一直引领着后代的历史书写。

司马迁没有见过甲骨卜辞，他依据什么编制历史年表？他主要根据“石室金匮之书”，也就是今天所说的国家图书馆藏书，当然包括《诗经》。

回到《诗经》中的这篇《玄鸟》，结合上面所讲，我们就能大体感受到它在“史”意识方面，确实是具有非凡意义的。

第三，记得我们在讲《鸳鸯》时讲到，《诗经》是从关雎鸟的啼叫声开始的，并且，此后一直都有鸟的啼叫声。这里我要说，《诗经》是在“神鸟”的鸣声中结束的。《玄鸟》是《诗经》倒数第三首。我常想，如果孔子当年编定诗三百零五首时，对鸟啼声有一种更特别的理解的话，他也许会把《玄鸟》放在最后一篇吧。不过，几千年前的孔子，无论多么有先知之明，他怎么也不会想得到，今天的人类对鸟啼声有多强烈的渴求，尽管孔子是识鸟的。关于孔子识鸟，在《孔子家语》《庄子》等著作中都有记载。如齐国曾有一只“一足之鸟”飞临，齐王感到奇怪，就派人去请教孔子，孔子说：“此鸟名之曰商羊，水祥也。”（《孔子家语·辨政》）就是说商羊鸟飞临，将有甘霖降落。

《玄鸟》大概写了几层意思

好，现在我们就来读一读《玄鸟》——

天命玄鸟，
降而生商，
宅殷土芒芒。
古帝命武汤，
正域彼四方。
方命厥后，
奄有九有。
商之先后，
受命不殆，
在武丁孙子。
武丁孙子，
武王靡不胜。
龙旂十乘，
大糦是承。
邦畿千里，
维民所止。
肇域彼四海，

四海来假，

来假祁祁。

景员维河，

殷受命咸宜，

百禄是何。

——《商颂·玄鸟》

天命玄鸟，降而生商，宅殷土芒芒：玄鸟，黑色燕子。传说有娀氏的女儿简狄误吞燕子蛋而怀孕，生下了契，契是商族部落的始祖。这几句是说，老天命令燕子降临人间，生了商的先祖契，住在又广又宽的土地上。

古帝命武汤，正域彼四方：武汤，即成汤，因成汤有武功，号曰武，后人称武王。成汤，就是商汤王，是商朝开国君主。两句大意是：上天命令成汤，征伐天下，安定四方。

方命厥后，奄有九有：成汤昭告天下各部落首领前来归附，商就拥有了天下九州。

商之先后，受命不殆，在武丁孙子：武丁孙子，即子孙武丁。武丁，殷高宗，汤的后代，是商第二十三代君主，是盘庚迁都后的第三代，被誉为殷商的中兴之主，在位五十九年。几句大意是：商朝先君承受天命不怠慢，后裔子孙武丁最贤能。

武丁孙子，武王靡不胜：后裔子孙武丁没有不胜任的事。

龙旂十乘，大糦是承：插有龙旗的大车有十辆，祖先享受着四方供献的祭品。

邦畿千里，维民所止：国土疆域上千里，都是百姓安居的地方。

肇域彼四海，四海来假，来假祁祁：假（gé），通“格”。几句大意是，武丁管理天下，天下都来朝拜，纷至沓来。

景员维河，殷受命咸宜，百禄是何：景，大。员，幅员。河（hè），通“荷”，承受。几句大意是，幅员辽阔，黄河流淌，殷受天命，百姓称善，百福呈祥。

全诗二十二句，大概可以分为几层？

第一层，前三句，写商的来历。

第二层，四至七句，写成汤立国。

第三层，八至十四句，写武丁中兴。

第四层，十四至结尾，写殷商强大。

前面我们讲过，这首诗具有“史”的意识，从上面几层划分中看得出，它记述了殷商的产生、立国、兴盛三个阶段，前后跨度几百年，确实具有历史的“纵深”感。这样的“史”意识在今天当然不足为奇，但将它放置于《诗经》时代，放置于“史”意识书写的萌芽时代，它就具有了独创性意义，具有了开创性意义。

当然，《玄鸟》毕竟是一首以歌颂武丁中兴殷商为主的乐歌，因此第四层用了很大的篇幅赞美武丁的历史功勋，这也是符合作者意图的。从歌颂武丁的角度看，前两层可以看作是武丁继承祖德，用今天的话说，就是继承先烈的光荣传统，第四层可以看作是武丁中兴的具体表现。这样，几个层次就在歌颂武丁中兴的主旨统摄下浑然一体了。

前面讲《蓼莪》时，我们讲到《蓼莪》是《诗经》赋艺术的高度；这里我们还要说，《玄鸟》则是《诗经》赋艺术的又一变体。我们知道，重章是《诗经》形式的重要特征，分章而咏是《诗经》更普遍的形式。但在雅颂部分，有一些作品并没有分章，像这首《玄鸟》，全篇二十二句为一章。这也说明，《诗经》的作者并不是固守一律的，赋比兴的手法事实上是很具变化的。这种变化是艺术的需要，是艺术的必然性决定的。以后大家在研读《诗经》时请多多关注这一点。如果能将艺术的必然性关注移置于阅读所有的艺术作品之中，我们的艺术欣赏水平将会越来越高。

为什么商人认为自己的祖先是误食燕子蛋而生

最后我们要讲一讲，为什么商人认为自己的祖先是误食燕子蛋而生?

一是我们知道，古今中外的许多大人物诞生似乎都应该有一个传奇故事，这符合人类本身对大人物的想象与期待——与众不同、超乎寻常、天纵之才!

如孔子降生，据《史记·孔子世家》载，“纥与颜氏女野合而生孔子”，并且，当时叔梁纥的年龄，有的说是五十岁，有的说是七十岁。

再如苏格拉底，就自称有“灵迹”伴随，能预示什么事可做，什么事不可做;再如释迦牟尼，幼年丧母的他，年少时便有极强的内省力，传说他在随父外出农耕时，独自在树下坐禅，见虫子被农夫挖出后又被飞鸟啄食，就痛感众生相残。

再如耶稣降世，《路加福音》说：那天使对他们说：“不要惧怕!我报给你们大喜的信息，是关于万民的。因今天在大卫的城里，为你们生了救主，就是主基督。你们要看见一个婴孩，包着布，卧在马槽里，那就是记号了。”

再如《诗经》记述的周人的祖先后稷。后稷是怎么诞生的呢？《大雅·生民》中说："履帝武敏歆……载生载育，时维后稷。" 说稷的母亲姜嫄，踩着上帝的拇趾印，心里有所感就很高兴，生下孩子，精心养育，这孩子就是后稷。

二是商周时代所信仰的圣母感天而生子的神话，既与他们信仰"天命靡常"有关，也与母系氏族的精神遗存有关。关于"天命靡常"我们在第九讲中已经讲过，这里不再赘述。关于母系氏族的精神遗存，人类发生期的许多神话中都有这样的体现，如中国的女娲，西方古希腊神话中的大地女神盖亚。

图书在版编目(CIP)数据

诗自远方来:《诗经》二十六讲 / 黄荣华著. —桂林:广西师范大学出版社, 2018.4
ISBN 978-7-5598-0663-5

Ⅰ. ①诗… Ⅱ. ①黄… Ⅲ. ①《诗经》-诗歌研究 Ⅳ. ①I207.222

中国版本图书馆 CIP 数据核字(2018)第 043304 号

出 品 人: 刘广汉
责任编辑: 刘美文
助理编辑: 李 影
封面设计: 张晶灵

广西师范大学出版社出版发行
(广西桂林市五里店路9号 邮政编码:541004
网址:http://www.bbtpress.com)
出版人:张艺兵
全国新华书店经销
销售热线: 021-65200318 021-31260822-898
北京东君印刷有限公司印刷
(北京市大兴区黄村镇三间房工业区 邮政编码: 102600)
开本: 787mm×1 168mm 1/32
印张: 8.5 字数: 135 千字
2018 年 4 月第 1 版 2018 年 4 月第 1 次印刷
定价: 35.00 元